千家诗

注音彩图版

程仲庸 ⊙ 主编

影响孩子一生的国学启蒙经典

天地出版社 | TIANDI PRESS

图书在版编目（CIP）数据

千家诗 / 程仲庸主编. — 成都：天地出版社，
2020.11（2021.3重印）
（影响孩子一生的国学启蒙经典）
ISBN 978-7-5455-5997-2

Ⅰ.①千… Ⅱ.①程… Ⅲ.①古典诗歌—诗集—中国
—青少年读物 Ⅳ.①I222.72

中国版本图书馆CIP数据核字（2020）第194418号

QIAN JIA SHI
千家诗

出 品 人	杨　政
主　　编	程仲庸
责任编辑	李　蕊
封面设计	图拉无码
内文插图	张　驰
内文排版	蚂蚁书坊
责任印制	董建臣

出版发行　天地出版社
（成都市槐树街2号 邮政编码：610014）
（北京市方庄芳群园3区3号 邮政编码：100078）

网　　址	http://www.tiandiph.com
电子邮箱	tianditg@163.com
经　　销	新华文轩出版传媒股份有限公司
印　　刷	三河市兴国印务有限公司
版　　次	2020年11月第1版
印　　次	2021年3月第4次印刷
开　　本	710mm×1000mm 1/16
印　　张	9.5
字　　数	198千字
定　　价	19.80元
书　　号	ISBN 978-7-5455-5997-2

版权所有◆违者必究

咨询电话：（028）87734639（总编室）
购书热线：（010）67693207（营销中心）

如有印装错误，请与本社联系调换。

目录

001 / 野　望
[唐] 王绩

003 / 易水送别
[唐] 骆宾王

004 / 送杜少府之任蜀州
[唐] 王勃

006 / 登鹳雀楼
[唐] 王之涣

007 / 春　晓
[唐] 孟浩然

008 / 送朱大入秦
[唐] 孟浩然

009 / 枫桥夜泊
[唐] 张继

011 / 望秦川
[唐] 李颀

013 / 次北固山下
[唐] 王湾

015 / 答武陵太守
[唐] 王昌龄

017 / 咏　史
[唐] 高适

018 / 送元二使安西
[唐] 王维

020 / 积雨辋川庄作
[唐] 王维

022 / 竹里馆
[唐] 王维

023 / 客中行
[唐] 李白

024 / 独坐敬亭山
[唐] 李白

025 / 静夜思
[唐] 李白

026 / 秋浦歌
[唐]李白

027 / 送友人
[唐]李白

028 / 黄鹤楼
[唐]崔颢

030 / 长干行
[唐]崔颢

031 / 破山寺后禅院
[唐]常建

033 / 绝　句
[唐]杜甫

035 / 漫　兴
[唐]杜甫

036 / 江　村
[唐]杜甫

037 / 旅夜书怀
[唐]杜甫

039 / 登岳阳楼
[唐]杜甫

041 / 行军九日思长安故园
[唐]岑参

042 / 寄左省杜拾遗
[唐]岑参

043 / 早朝大明宫
[唐]贾至

045 / 寒　食
[唐]韩翃

047 / 逢侠者
[唐]钱起

048 / 三闾庙
[唐]戴叔伦

049 / 滁州西涧
[唐]韦应物

050 / 秋夜寄丘员外
[唐]韦应物

051 / 城东早春
[唐]杨巨源

053 / 宫　词
[唐]王建

055 / 晚　春
[唐]韩愈

056 / 初春小雨
[唐] 韩愈

057 / 自　咏
[唐] 韩愈

058 / 玄都观桃花
[唐] 刘禹锡

059 / 乌衣巷
[唐] 刘禹锡

060 / 直中书省
[唐] 白居易

062 / 寻隐者不遇
[唐] 贾岛

063 / 清　明
[唐] 杜牧

064 / 江南春
[唐] 杜牧

065 / 秋　夕
[唐] 杜牧

066 / 泊秦淮
[唐] 杜牧

067 / 闻　笛
[唐] 赵嘏

069 / 宫中题
[唐] 李昂

070 / 霜　夜
[唐] 李商隐

072 / 山亭夏日
[唐] 高骈

073 / 社　日
[唐] 王驾

075 / 登　山
[唐] 李涉

076 / 旅　怀
[唐] 崔涂

078 / 表兄话旧
[唐] 窦叔向

080 / 春 怨
[唐]金昌绪

081 / 七 夕
[宋]杨朴

083 / 清 明
[宋]王禹偁

084 / 梅 花
[宋]林逋

086 / 寓 意
[宋]晏殊

088 / 答丁元珍
[宋]欧阳修

090 / 客中初夏
[宋]司马光

091 / 春 夜
[宋]王安石

093 / 元 日
[宋]王安石

094 / 书湖阴先生壁
[宋]王安石

095 / 春日偶成
[宋]程颢

096 / 题淮南寺
[宋]程颢

097 / 送 春
[宋]王令

098 / 海 棠
[宋]苏轼

100 / 饮湖上初晴后雨
[宋]苏轼

101 / 冬 景
[宋]苏轼

102 / 夏日登车盖亭
[宋] 蔡确

103 / 冷泉亭
[宋] 林稹

104 / 鄂州南楼书事
[宋] 黄庭坚

105 / 打球图
[宋] 晁说之

106 / 三衢道中
[宋] 曾几

108 / 寒食书事
[宋] 赵鼎

110 / 秋　思
[宋] 陆游

112 / 田　家
[宋] 范成大

114 / 闲居初夏午睡起
[宋] 杨万里

116 / 晓出净慈寺送林子方
[宋] 杨万里

117 / 春　日
[宋] 朱熹

118 / 观书有感
[宋] 朱熹

119 / 泛　舟
[宋] 朱熹

120 / 立春偶成
[宋] 张栻

121 / 初夏游张园
[宋] 戴复古

122 / 有　约
[宋] 赵师秀

123 / 清　明
[宋] 高翥

125 / 冬　景
[宋] 刘克庄

127 / 早　春
[宋] 白玉蟾

128 / 梅　花
[宋] 方岳

129 / 庆全庵桃花
[宋]谢枋得

130 / 花　影
[宋]谢枋得

131 / 蚕妇吟
[宋]谢枋得

132 / 落　花
[宋]朱淑贞

133 / 立　秋
[宋]刘翰

134 / 题临安邸
[宋]林升

135 / 游园不值
[宋]叶绍翁

136 / 村居即事
[宋]翁卷

137 / 村　晚
[宋]雷震

138 / 春暮游小园
[宋]王淇

139 / 绝　句
[宋]僧志南

140 / 雪　梅
[宋]卢梅坡

141 / 干　戈
[宋]王中

野望

[唐] 王绩

东皋①薄暮②望,徙倚③欲何依。
树树皆秋色④,山山惟落晖⑤。
牧人驱犊⑥返,猎马带禽⑦归。
相顾⑧无相识,长歌怀采薇⑨。

识作者

王绩(约589—644),字无功,号东皋子,绛州龙门(今山西河津)人,初唐诗人。其诗歌大多描写山水田园风光与隐士生活,对唐诗的发展有一定影响。

解词语

①东皋:地名,诗人隐居的地方。②薄暮:傍晚。薄,迫近。③徙倚:徘徊,来回地走。④秋色:一作"春色"。⑤落晖:落日。⑥犊:小牛,这里指牛群。⑦禽:鸟兽,这里指猎获的鸟兽。⑧相顾:相看。⑨采薇:采食野菜。传说商朝被周武王灭掉后,伯夷、叔齐不愿为周武王做事,就在首阳山上靠采薇为生,最后饿死了。薇,一种植物,嫩叶可以食用。

🌟 说意思 🌟

　　傍晚的时候,我站在东皋村头眺望,徘徊不定,不知该去向何方。周围的树木都染上了秋天的色彩,远处重重的山岭笼罩在落日的余晖中。放牧的人驱赶着牛群回家,猎人骑着马,带着捕获的猎物,一脸满足地归来。大家相对看着,彼此都不认识,我不禁长啸高歌,想要归隐山林。

易水送别

[唐] 骆宾王

此地别燕丹①,壮士②发冲冠③。
昔时人已没,今日水犹寒。

识作者

骆宾王（约638—约687），字观光，初唐诗人，与王勃、杨炯、卢照邻合称"初唐四杰"。七岁时他就因为创作出《咏鹅》诗而被称为"神童"。他的诗文流传下来的有很多，其中以清朝陈熙晋编写的《骆临海集笺注》最完整。

解词语

① 燕丹：燕太子丹。② 壮士：勇士，指荆轲。③ 发冲冠：头发竖起来，把帽子都顶起来了。形容非常愤怒。

说意思

这里是当年壮士荆轲和燕国的太子丹分别的地方。回想当时的荆轲，怀着无限的胆气和视死如归的决心，高声唱着歌，激动得头发竖立，把帽子都顶起来了。壮士已经一去不返了，如今这易水还是那么冰寒彻骨。

送杜少府①之②任蜀州③

[唐] 王勃

城阙④辅⑤三秦⑥，风烟望五津⑦。
与君⑧离别意，同是宦游人。
海内存知己，天涯若比邻。
无为⑨在歧路⑩，儿女共沾巾。

识作者

王勃（650或649—676），字子安，绛州龙门（今山西河津）人，初唐诗人。王勃是"初唐四杰"之首，其余三人分别是杨炯、卢照邻、骆宾王。在诗歌体裁上，王勃擅长五律和五绝，代表作品有《送杜少府之任蜀州》《山中》《蜀中九日》等。

解词语

①少府：县尉，职位在县令之下。②之：到，往。③蜀州：现在的四川。④城阙：城楼，这里指唐代京都长安。⑤辅：护卫。⑥三秦：指长安附近的关中一带。秦灭亡以后，项羽曾将秦国故地分为三个国家，分别是雍、塞、翟，所以称"三秦"。⑦五津：四川岷江附近的五个渡口，分别是白华津、万里津、涉头津、江南津、江首津。⑧君：对人的尊称，这里指杜少府。⑨无为：不要。⑩歧路：岔路口。

说意思

古代的三秦守护着长安城高耸的宫阙，风烟弥漫中，看不清蜀州岷江的五津。和你分别时，我们彼此心里都很明白，你我都是远离故乡在外面做官的人。四海之内只要有知心的朋友，就算是远隔天涯海角，也像邻居一样亲近。请不要在这分别的路口上，像多情的少年男女那样伤心流泪，让泪水弄湿了衣巾。

登鹳雀楼①

[唐] 王之涣

白日依②山尽③，黄河入海流。
欲④穷⑤千里目⑥，更上一层楼。

识作者

王之涣（688—742），字季凌，晋阳（今山西太原市西南）人，盛唐著名诗人。他年轻时性情豪迈，不愿意受拘束，喜欢用剑打着拍子唱歌。王之涣在当时很有名气，他的许多诗歌被乐工们谱成了曲子传唱。其诗歌内容以描绘边塞风光为主。流传下来的诗歌只有六首，比较有影响的有《登鹳雀楼》《凉州词》。

解词语

①鹳雀楼：旧址在现在的山西省永济蒲州镇，楼有三层高，因为经常有鹳鹊在上面栖息，所以得此名。②依：依傍。③尽：消失。④欲：想要。⑤穷：尽，使达到极点。⑥千里目：眼界宽阔。

说意思

太阳依傍着山峦慢慢落下去了，黄河向着大海的方向汹涌而去。假如想看到千里以外的风景，还请再登上一层楼。

春 晓①

[唐] 孟浩然

春眠②不觉晓③，处处④闻啼鸟⑤。
夜来风雨声，花落知多少。

识作者

孟浩然（689—740），唐代著名诗人，襄州襄阳（今湖北襄阳市襄州区）人，人们也称他孟襄阳。其诗歌体裁以五言诗为主，内容以山水田园、行旅、隐逸等为主。孟浩然是盛唐时期田园山水诗派的代表人物之一，主要作品有《春晓》《宿建德江》等。

解词语

① 春晓：春天的早晨。② 眠：睡觉。③ 不觉晓：不知不觉天亮了。晓，天刚亮的时候。④ 处处：到处。⑤ 啼鸟：鸟的鸣叫声。

说意思

春天的早晨因为一时贪睡，醒来时发现天色竟然不知不觉间已经亮了，到处都能听见鸟儿的鸣叫声。回想起昨夜里阵阵风雨声，不知道那些美丽的花儿被吹落了多少。

送朱大①入秦

[唐] 孟浩然

游人②五陵③去，宝剑值千金④。
分手脱⑤相赠，平生一片心。

解词语

①**朱大**：孟浩然的朋友，生平事迹不详。②**游人**：指朱大。③**五陵**：长安城附近。④**值千金**：价值千金，是夸张的写法，突出剑的珍贵。⑤**脱**：解下。

说意思

朱大，你现在就要动身到长安去了，我把这价值千金的宝剑解下来送给你，来表达我对你的友爱之情。

枫桥夜泊①

[唐] 张继

月落乌啼②霜满天③,江枫④渔火对愁眠⑤。
姑苏⑥城外寒山寺⑦,夜半钟声⑧到客船。

识作者

张继(约715—约779),唐代诗人,字懿孙。他的诗风格爽朗、充满激情,语言明白自然、朴实无华,对后世有很深的影响。流传下来的诗歌有四十首左右,内容主要以纪行游览、酬赠送别为主,体裁大多是五七言律诗及七言绝句,其中最著名的是《枫桥夜泊》。

解词语

① 诗题一作《夜泊枫江》。枫桥,在今江苏苏州市西郊。② 乌啼:乌鸦的啼叫声。一说乌啼为地名,在枫桥西南。③ 霜满天:霜不可能满天,这个"霜"字应当理解为严寒。霜满天,是空气极冷的意思。④ 江枫:江边的枫树。一说江枫为江村桥和枫桥。⑤ 对愁眠:怀着忧愁睡觉。⑥ 姑苏:苏州市的别称,因苏州城外有姑苏山而得名。⑦ 寒山寺:位于苏州城西十里的枫桥镇,相传唐代诗僧寒山子曾任住持,因此改名寒山寺。⑧ 夜半钟声:唐代佛寺有半夜敲钟的习俗。

说意思

月亮已经落下去了,乌鸦在高声啼叫着,寒冷的空气使得周围好像蒙上了一层白霜。离家在外的我看着江边的枫树和渔船上的点点灯火,心怀忧愁地睡去了。姑苏城外的寒山古寺里,半夜钟声阵阵,传到了江边我乘坐的客船上。

望秦川①

[唐] 李颀

秦川朝望迥②，日出正东峰。
远近山河净③，逶迤④城阙重。
秋声万户竹，寒色五陵⑤松。
客有归欤⑥叹，凄其⑦霜露浓。

识作者

李颀（qí）（？—约753），赵郡（治今河北赵县）人，唐代诗人。他善于用诗歌来描写音乐和塑造人物形象，诗歌风格豪放、慷慨悲凉，题材以边塞生活为主。其七言歌行尤为后人所推崇，代表作品有《古意》《古从军行》《塞下曲》等。

解词语

①秦川：泛指今秦岭以北平原地带，诗中指长安一带。②迥：遥远。③净：明净。④逶迤：蜿蜒曲折。⑤五陵：长安城外汉代五个皇帝的陵墓。⑥归欤：归去。⑦凄其：心情悲凉。

说意思

清晨,天气晴朗,太阳刚刚从东面苍凉的峰峦间显露出来。我远远地望着辽阔的秦川大地,可以清楚地看见远处的山水是那么清净明洁,长安城的宫阙重重叠叠、壮丽宏伟。萧瑟的秋风吹得竹林飒飒作响,五陵的松柏也随着微风晃动,松涛声声,更给长安城增添了几分寒意。就要归隐的我,不由得发出叹息,这样凄凉的景色啊,真是让我感到更加愁苦。

次①北固山②下

[唐] 王湾

客路③青山④外,行舟绿水前。
潮平两岸阔⑤,风正⑥一帆悬⑦。
海日⑧生残夜⑨,江春⑩入旧年。
乡书⑪何处达,归雁洛阳边。

识作者

王湾(693—751),字号不详,唐代诗人,洛阳(今属河南)人。进士出身,曾做过荥(xíng)阳县主簿、洛阳县尉。现存诗10首,其中最著名的是《次北固山下》,对盛唐诗坛产生了重要的影响。

解词语

①次:旅途中暂时停宿,这里是停泊的意思。②北固山:在今江苏镇江北。③客路:旅人前行的路。④青山:指北固山。⑤潮平两岸阔:潮水涨满,两岸与江水齐平,整个江面十分开阔。⑥风正:顺风。⑦悬:挂。⑧海日:海上的旭日。⑨残夜:夜将尽之时。⑩江春:江南的春天。⑪乡书:家信。

说意思

旅人的道路延伸在苍翠的青山外,船只划开悠悠绿水向前航行。潮水涨满,两岸与江水齐平,整个江面十分开阔;船只顺风行驶,一面风帆高高扬起。旭日已经在江面上冉冉升起,夜幕却还未完全褪尽;这里还处在旧年时分,江南却已迎来春天。寄出去的家信不知道什么时候才能送到,真希望可以托付给北归的大雁捎到洛阳去。

答武陵太守①

[唐] 王昌龄

仗剑②行千里,微躯③敢一言。
曾为大梁客④,不负信陵⑤恩。

识作者

王昌龄(?—约756),字少伯,京兆长安(今陕西西安)人。唐朝时期大臣,著名边塞诗人。其诗以七绝见长,内容多为当时边塞军旅生活,气势雄浑,格调高昂。代表作品有《从军行》七首、《出塞》二首等。

解词语

① 诗题一作《答武陵田太守》。答,回话,回信。武陵,武陵郡,在今湖南常德。太守,唐代郡的最高行政长官。② 仗剑:持剑,拿着剑。③ 微躯:指自己的身份比较低微,是作者自谦的说法。④ 大梁客:诗人把自己比作信陵君的门客侯嬴,暗喻自己知恩必报,不辜负武陵太守之恩。⑤ 信陵:即魏国的信陵君魏无忌,他仁爱宽厚,礼贤下士。这里将武陵太守比作信陵君。

说意思

我就要带着佩剑远行千里了,身份低微的我冒昧地向您说一句:在武陵做门客时深受太守您的提携,我是决不会忘记这份恩德的。

咏 史①

[唐]高适

尚有②绨袍③赠,应怜④范叔⑤寒。
不知天下士⑥,犹作⑦布衣⑧看。

识作者

高适(约700—765),字达夫,唐代著名诗人,与岑参、王昌龄、王之涣合称"四大边塞诗人"。其诗题材广泛,感情深挚,意气风发,笔力雄健,是盛唐边塞诗风的杰出代表。

解词语

①咏史:用诗歌的方式写历史、抒发感情。②尚有:还有。③绨袍:用比绸子厚实、粗糙的纺织品做成的袍子。④怜:怜惜、同情。⑤范叔:范雎,字叔,著名政治家和军事谋略家。⑥天下士:天下豪杰之士。⑦犹作:还当作。⑧布衣:普通老百姓。

说意思

像须贾这样的小人都能够做出赠送绨袍的事情来,可见范雎的贫寒是多么让人同情。现在的人们不知道范雎有治理天下的才能,只把他当成平民百姓来看待。

送元二使安西①

[唐] 王维

渭城②朝雨浥③轻尘，客舍④青青柳色⑤新。
劝君更⑥尽⑦一杯酒，西出阳关⑧无故人。

识作者

王维（约701—761），字摩诘，号摩诘居士，盛唐诗人的代表，有"诗佛"之称。因其做过尚书右丞，所以又被称为"王右丞"。王维自幼聪颖，多才多艺，九岁时便能作诗写文章，而且擅长书法、丝竹、音律、绘画，老年时期笃信佛教。现在留存下来的诗歌有四百余首，其中重要的诗作有《画》《山居秋暝》等。

解词语

①诗题一作《赠别》，又名《阳关三叠》《渭城曲》。元二，作者的朋友。使，出使。安西，唐代安西都护府，位于现在的新疆库车附近。②渭城：指秦代咸阳古城，在今陕西西安西北。③浥：润湿。④客舍：旅馆。⑤柳色：在古代，柳树象征离别，因为柳与"留"谐音，有惜别的意思，所以亲人、朋友之间送别时一般要折柳相送。⑥更：再。⑦尽：喝干。⑧阳关：在今甘肃敦煌西南，玉门关的南面，是古代通往西北边疆的交通要道。

说意思

清晨的一场春雨,把渭城地面上的灰尘都浸湿了,也使得旅馆周围柳树的枝叶变得更加翠嫩新鲜。老朋友啊,请你喝下这杯美酒吧,向西出了阳关,就难以遇到故人旧友了。

积雨辋川庄作

[唐] 王维

积雨空林烟火迟,蒸藜炊黍饷东菑。
漠漠水田飞白鹭,阴阴夏木啭黄鹂。
山中习静观朝槿,松下清斋折露葵。
野老与人争席罢,海鸥何事更相疑。

解词语

① 积雨:时间长的雨。② 辋川:在今陕西蓝田南二十里处。诗人在这里有辋川别墅。③ 烟火迟:因长时间地下雨,空气比较潮湿,气压较低,又没有风,所以烟火上升得很慢。④ 藜:一种可以吃的野菜。⑤ 黍:谷物名,古代人们的主食。⑥ 饷东菑:给正在东边田地里干活儿的人送饭。菑,指初耕的田地。⑦ 漠漠:广阔无边的样子。⑧ 夏木:夏天的树木。⑨ 啭:小鸟婉转的鸣叫声。⑩ 朝槿:植物名。花朵早晨绽放晚上凋落,常用来比喻时间的短暂和珍贵。⑪ 清斋:素食。⑫ 露葵:挂着露水的葵菜。⑬ 野老:居住在远郊的老人,这里是诗人的自称。

说意思

连着几天下雨，树木变得稀疏，村落里的炊烟袅袅上升；准备好饭菜，去送给村东忙于耕作的人。一行白鹭从广阔无边的水田上面飞掠而过；田野边繁茂的树林中传来黄鹂婉转的啼叫声。我在这夏木繁茂的山林中修身养性，欣赏着木槿花早开晚落；我在松树下采食还挂着露水的葵菜，不沾一点儿荤腥。我这居住在远郊的老人，已经远离尘世，与世无争，鸥鸟为什么还要猜疑我呢？

竹里馆①

[唐] 王维

独坐幽篁②里，弹琴复长啸③。
深林人不知，明月来相照④。

解词语

①竹里馆：王维建在辋川的别馆，辋川别墅二十景之一。因房屋周围有竹林，所以叫"竹里馆"。②幽篁：幽深的竹林。③啸：嘬（zuō）口而呼，和打口哨相似。④相照：与"独坐"相应，意思是说，独坐幽篁，无人相伴，唯有明月似解人意而相映照。

说意思

我独自一人闲坐在幽静的竹林里，一边弹琴一边吟咏歌唱。深深的山林中没有人知晓，只有一轮明月静静地与我相伴。

客中行

[唐] 李白

兰陵①美酒郁金②香,玉碗盛来琥珀③光。
但使④主人能醉客,不知何处是他乡⑤。

识作者

李白(701—762),字太白,号青莲居士,又号谪仙人,唐代伟大的浪漫主义诗人,因为擅长饮酒作诗而被后人誉为"诗仙"。流传下来的作品集有《李太白集》,代表作品有《望庐山瀑布》《蜀道难》《行路难》《将进酒》《早发白帝城》等。

解词语

①兰陵:地名,在今山东枣庄。②郁金:一种很珍贵的植物,古人常用来泡酒,泡后酒液金黄。③琥珀:形容酒体色泽鲜亮,晶莹透明,富有光彩。④但使:只要。⑤他乡:故乡以外的地方。

说意思

兰陵出产的美酒,散发着郁金的芬芳,盛在玉碗里看上去就像琥珀一般鲜亮透明。只要主人和我一起畅饮,一醉方休,我才不去管这里是故乡还是异乡呢!

独坐敬亭山①

[唐] 李白

众鸟高飞尽②,孤云独去闲③。
相看两不厌④,只有⑤敬亭山。

解词语

①敬亭山：在今安徽省宣城北，也叫昭亭山。②尽：无，没有了。③闲：形容云彩飘来飘去，悠闲自在的样子。④厌：满足。⑤只有：一作"唯有"。

说意思

群鸟高飞，消失在遥远的天际；天空中最后一片云彩也不愿意留下，悠然飘走。只剩下我和敬亭山默默无言地对望着，能明白我、理解我的，唯有眼前这高高的敬亭山了。

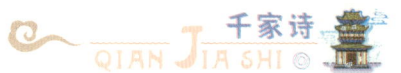

jìng yè sī
静夜思

[唐] 李白

chuáng qián míng yuè guāng, yí shì dì shàng shuāng.
床前明月光，疑①是地上霜。
jǔ tóu wàng míng yuè, dī tóu sī gù xiāng.
举头②望明月，低头思故乡。

解词语

① 疑：以为，疑心。② 举头：抬头。

说意思

明亮的月光透过窗子倾泻在地上，让人不禁以为是地上泛起了一层白色的霜。我抬起头来，看看窗外天空中的那轮明月，不由得低下头来，陷入对家乡深深的思念。

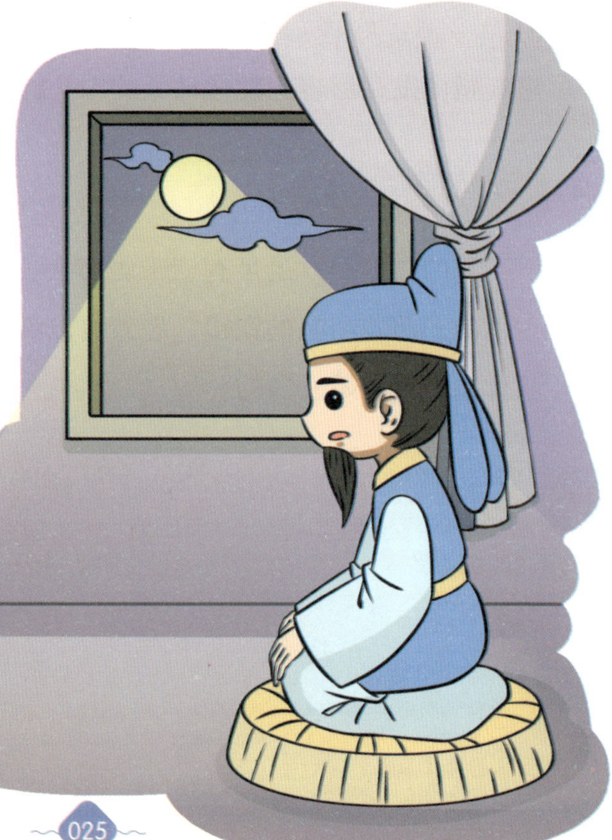

秋浦①歌

[唐] 李白

白发三千丈,缘②愁似③个④长。
不知明镜里,何处⑤得秋霜⑥。

解词语

①秋浦:地名。在今安徽贵池西面,境内有秋浦湖。②缘:缘由。③似:好像。④个:这样。⑤何处:何时,什么时候。⑥秋霜:指白发,形容头发像秋天的霜一样白。

说意思

我的白发啊,足足有三千丈那么长,那是因为这白发是因愁思而生出的。照着明亮的铜镜,看着自己满头白发,我真不知道这究竟是从什么时候开始变白的。

送友人

[唐] 李白

青山横北郭①,白水②绕东城。
此地一为别③,孤蓬④万里征⑤。
浮云游子意,落日故人情。
挥手自兹⑥去,萧萧⑦班马⑧鸣。

解词语

①郭:古代在城的外围加筑的一道城墙。②白水:清澈的流水。③别:道别,告别。④蓬:这里指远行的朋友。⑤征:外出远行。⑥兹:此。⑦萧萧:马的嘶叫声。⑧班马:指载人远离的马。

说意思

城墙的北面横卧着青翠的山峦,城的东边被波光粼粼的流水环绕。我们在这里相互道别,你就像那随风飘荡的孤蓬一样,即将远行到万里之外。天空中的浮云,就像游子一样没有固定的行动轨迹;夕阳慢慢落山了,好像在留恋着什么。我们频频挥手道别,从此分离;载着友人的马儿在萧萧嘶鸣着,似乎不忍离去。

黄鹤楼①

[唐] 崔颢

昔人②已乘③黄鹤去④,此地空⑤余黄鹤楼。
黄鹤一去不复返⑥,白云千载空悠悠⑦。
晴川历历⑧汉阳⑨树,芳草萋萋鹦鹉洲⑪。
日暮乡关⑫何处是,烟波⑬江上使人愁。

识作者

崔颢(hào)(?—754),汴州(治今河南开封市)人,唐代诗人。他秉性耿直,才思敏捷,诗歌前期流于俗艳,后期慷慨豪迈,气势宏伟,最为人所称道的作品是《黄鹤楼》。

解词语

①黄鹤楼:故址在今湖北武汉蛇山的黄鹤矶头。传说,仙人子安曾乘鹤经过这里。②昔人:乘鹤仙人。③乘:驾。④去:离去,离开。⑤空:只。⑥返:返回。⑦悠悠:闲适的样子。⑧历历:分明的样子。⑨汉阳:地名,在今湖北武汉的汉阳区,与黄鹤楼隔江相望。⑩萋萋:指草木长得翠绿茂盛。⑪鹦鹉洲:长江中的小洲,位于黄鹤楼东北。⑫乡关:故乡。⑬烟波:雾霭笼罩。

说意思

昔日的仙人已经乘着仙鹤飞走了,这里只剩下空荡荡的黄鹤楼。黄鹤飞走后就再也没有回来,千百年来只看见悠悠的白云在飘来飘去。在阳光的照耀下,汉阳树木清晰可见,鹦鹉洲上芳草繁茂。眼看太阳就要落山了,却不知道哪里才是我的故乡;看着烟波浩渺的江面,更使人心生烦愁。

长干行 ①

[唐] 崔颢

君②家何处住？妾③住在横塘④。
停船暂⑤借问⑥，或恐⑦是同乡。

解词语

① 诗题一作《长干曲》，乐府杂曲歌词名。长干，长干里，在今江苏南京秦淮河南，是古代送别的地方。② 君：古代对男子的尊称。③ 妾：古代女子自称的谦辞。④ 横塘：古堤名，在今江苏南京江宁区。⑤ 暂：暂且、姑且。⑥ 借问：请问一下。⑦ 或恐：也许是，恐怕是。

说意思

请问您家在哪里？我家就在横塘一带。停下船姑且问一句，我们也许是同乡。

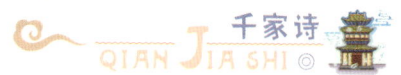

破山寺后禅院①
pò shān sì hòu chán yuàn

[唐]常建

清晨入古寺②，初日③照高林。
qīng chén rù gǔ sì, chū rì zhào gāo lín.

曲径④通幽⑤处，禅房⑥花木深。
qū jìng tōng yōu chù, chán fáng huā mù shēn.

山光悦⑦鸟性，潭影⑧空人心。
shān guāng yuè niǎo xìng, tán yǐng kōng rén xīn.

万籁⑨此俱寂，惟闻钟磬⑩音。
wàn lài cǐ jù jì, wéi wén zhōng qìng yīn.

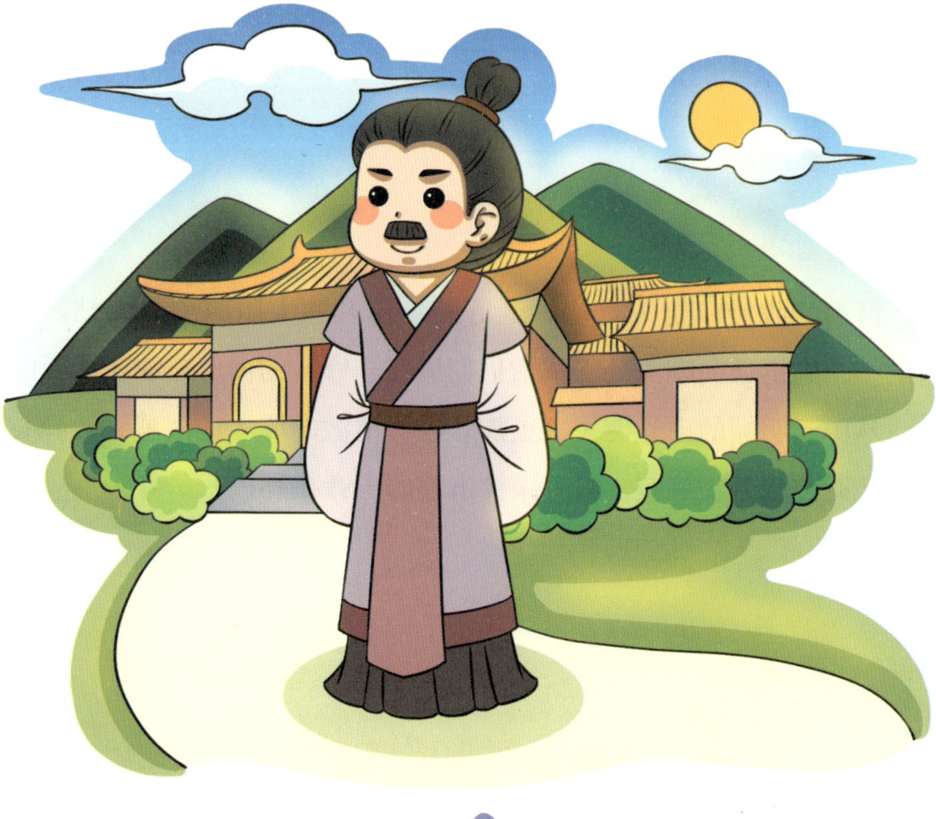

识作者

常建，生平不详，长安（今陕西西安）人，盛唐诗人，字号不详。常建的诗歌大多是五言诗，内容以描写田园风光、山林逸趣为主，意境恬淡，语言清新，是盛唐山水田园派的重要诗人。现存作品不多，其中比较著名的是《破山寺后禅院》。

解词语

① 诗题一作《题破山寺后禅院》。破山寺，又名兴福寺，故址在现在的江苏常熟虞（yú）山北面。② 古寺：指破山寺。③ 初日：早上刚刚升起的太阳。④ 曲径：弯曲的小路。⑤ 幽：幽静。⑥ 禅房：僧人居住或者修行的地方。⑦ 悦：使……高兴，此处为使动用法。⑧ 潭影：潭水中的倒影。⑨ 万籁：各种声音。⑩ 钟磬：古代两种击打乐器。

说意思

清晨，我漫步走入这座古老寺院，初升的太阳照耀在山林。曲折的小路蜿蜒通向幽深处，供僧侣们居住、修行的禅房掩映在繁茂的花木丛中。明媚的山光使飞鸟更加欢悦，清澈的潭水让人感到神静心清。此时此刻万物沉寂，只有敲钟击磬的声音在耳边回荡着。

绝 句①

[唐]杜甫

两个黄鹂②鸣翠柳,一行白鹭③上青天。
窗含西岭千秋雪④,门泊⑤东吴⑥万里船⑦。

识作者

杜甫(712—770),字子美,自号少陵野老,祖籍襄阳(今湖北襄阳)。唐代伟大的现实主义诗人,被尊称为"诗圣",与"诗仙"李白合称"李杜"。因曾担任工部员外郎,又称"杜工部"。杜甫的诗笔调沉重,主要内容以忠君忧国、伤时念乱为主,阅读他的诗可以了解当时的历史,因此他的诗被称作"诗史"。其代表作有《望岳》《登高》《茅屋为秋风所破歌》等。

解词语

① 这首诗写于唐代宗广德二年(764)。安史之乱后,杜甫重返成都浣花溪草堂,写了《绝句四首》,这是第三首。② 黄鹂:黄莺。③ 白鹭:鹭鸶,羽毛是纯白色的。④ 千秋雪:指岷山雪岭上终年不化的积雪。⑤ 泊:停泊,停靠。⑥ 东吴:古时候吴国的领地,今江浙一带。⑦ 万里船:往来东吴的船只。

说意思

春日里,两只黄鹂在翠绿的柳树间鸣叫着,一行白鹭直飞向蔚蓝的天空。我坐在窗口,抬头就能够看到西岭雪山上千年不化的积雪,门前停泊着从万里之外的东吴驶来的船只。

漫 兴①

[唐]杜甫

糁②径杨花铺白毡,点溪荷叶叠青钱③。
笋根雉子④无人见,沙上凫雏⑤傍母眠。

解词语

① 杜甫作有《绝句漫兴九首》,这是其中的第七首,作于唐肃宗上元二年(761)初夏成都草堂。② 糁:原意为饭粒,这里引申为散落、散布。③ 青钱:即青铜钱,这里喻指点缀在小溪上的重重叠叠的荷叶。④ 雉子:小野鸡。一作"稚子",指嫩笋芽。⑤ 凫雏:小野鸭。

说意思

漫天飞舞的杨花稀疏地散落在小路上,远远看去就好像铺了一层白色的毡子;片片青绿色的荷叶点缀在溪水上,好像在水面上铺了一层圆圆的铜钱。一只只小野鸡隐伏在竹丛笋根旁边,轻易不会被人发现;岸边沙滩上,小野鸭们依偎着母鸭安睡。

江村①

[唐] 杜甫

清江一曲抱②村流,长夏③江村事事幽。
自去自来④梁上燕,相亲相近水中鸥。
老妻画纸为棋局⑤,稚子⑥敲针作钓钩。
多病所须惟药物,微躯⑦此外更何求?

解词语

①江村:江边的村庄。江,指锦江,在成都西郊的一段叫浣花溪。②抱:围绕,环绕。③长夏:盛夏。④自去自来:来去随意、无拘无束的样子。⑤棋局:棋盘。⑥稚子:幼子。⑦微躯:微贱的身躯,这是诗人的谦称。

说意思

清澈的江水围绕着村庄蜿蜒流过,盛夏时节,村子里的一切都是那么安静祥和。梁上的燕子自由地飞来飞去,水中的鸥鸟亲热融洽地追逐嬉闹。相伴多年的妻子正在纸上画棋盘,年幼的孩子正敲弯钢针做鱼钩。除了因年老多病而需要一些药物,我这微贱之人还有什么可奢求的呢?

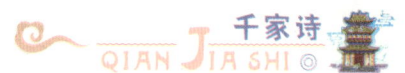

旅夜书怀
lǚ yè shū huái

[唐] 杜甫

xì cǎo wēi fēng àn, wēi qiáng dú yè zhōu.
细草①微风岸②，危樯③独夜舟④。

xīng chuí píng yě kuò, yuè yǒng dà jiāng liú.
星垂平野阔⑤，月涌⑥大江⑦流。

míng qǐ wén zhāng zhù, guān yīn lǎo bìng xiū.
名岂文章著，官因老病休⑧。

piāo piāo hé suǒ sì? tiān dì yì shā ōu.
飘飘⑨何所似？天地一沙鸥⑩。

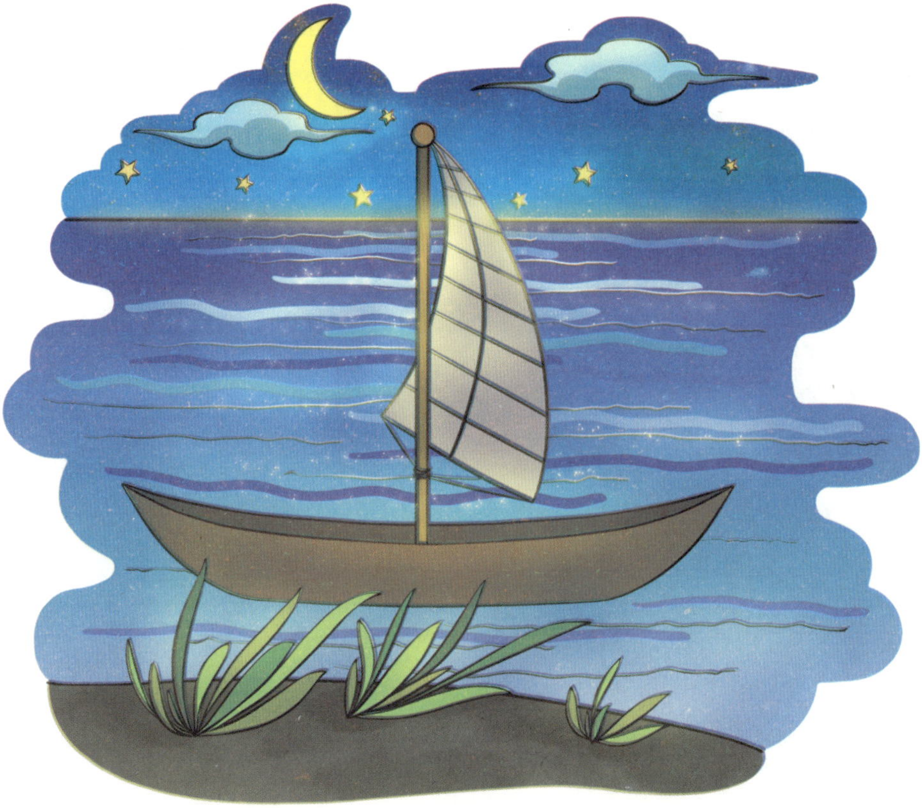

解词语

①细草：生长在江岸边的小草。②岸：江岸。③危樯：高高竖立的桅杆。④独夜舟：自己孤单一人泊舟在江边。⑤星垂平野阔：原野辽阔，远远望去，星星好像从天边垂到地面。⑥月涌：月亮的影子倒映江面上，随波流动。⑦大江：指长江。⑧官因老病休：官位因年老多病而罢休。⑨飘飘：漂泊无定。⑩沙鸥：水鸟名。这是作者自况，借沙鸥来写人孤苦凄凉的际遇。

说意思

微风轻轻吹动着江岸两边的细草，桅杆高耸的孤舟停泊在深夜的江边。远处的星星低垂天边，显得原野更加辽阔；银色的月光随着波浪涌动，更显出江水奔流汹涌。我拥有的名气难道是因为文章吗？年老多病的我已将官职休弃了。唉，四处漂泊的我像什么呢？就像这宽广的天地间一只孤零零的沙鸥。

登岳阳楼

[唐] 杜甫

昔闻洞庭水①,今上岳阳楼②。
吴楚③东南坼④,乾坤⑤日夜浮⑥。
亲朋无一字⑦,老病⑧有孤舟。
戎马⑨关山北⑩,凭轩涕泗流⑪。

解词语

①洞庭水:指洞庭湖,是中国第二大淡水湖,在今湖南省北部,长江南岸。②岳阳楼:指岳阳城西门楼,在今湖南岳阳,它的前面就是洞庭湖。③吴楚:指的是吴楚两地,春秋时两个诸侯国名。④坼:分隔开来。⑤乾坤:原指天地,此处指日、月。⑥浮:飘浮。⑦无一字:一个字都没有,指音信全无。字,这里指书信。⑧老病:杜甫当时已五十七岁,身患疾病。⑨戎马:指战争。⑩关山北:北方的边境。⑪涕泗流:泪水横流。

说意思

从前就听说过洞庭湖这处名胜，今天终于如愿以偿地登上了岳阳楼。浩瀚的洞庭湖水将吴楚两地分隔开来，似乎日月星辰都在湖水中昼夜漂浮着。亲朋好友们没有一点儿音信，只有孤零零的一只小船陪伴着年老多病的我。北方边境上的战事仍没有停息的迹象，我倚着栏杆眺望着远方，心里想着家国，不由得泪流满面。

行军九日①思长安故园

[唐] 岑参

强欲②登高③去,无人送酒④来。
遥怜⑤故园菊,应傍⑥战场开。

识作者

岑参(约715—770),唐代诗人。岑参出身于一个官僚家庭,早慧聪颖,他擅长写七言歌行,诗歌意境清奇、气势磅礴,题材以边塞风光、军旅生活和异域文化风俗较多,其中以边塞诗最为出色。代表作品有《白雪歌送武判官归京》《寄左省杜拾遗》等。

解词语

①九日:指重阳节,在每年农历的九月九日。②强欲:勉强要。③登高:在重阳节这天有登高、饮酒、赏菊的风俗。④送酒:化用陶渊明的典故。史载,陶渊明过重阳节时没有钱买酒喝,刺史王弘得知后派人送来了酒。⑤怜:怜惜。⑥傍:靠近,挨着。

说意思

想要勉强遵照习俗去登高饮酒,但却没有像王弘那样的人来送酒了。我在远方怜惜长安故园里的菊花,这个时候它们应该寂寞地在战场旁边盛开着。

寄左省① 杜拾遗②

[唐] 岑参

联步③趋丹陛④,分曹⑤限紫薇⑥。
晓随天仗⑦入,暮惹御香归。
白发悲花落,青云羡鸟飞。
圣朝无阙事⑧,自觉谏书稀。

解词语

①左省:门下省,因为在宫殿左侧而得名。②杜拾遗:指杜甫。杜甫当时出任左拾遗,因此称"杜拾遗"。③联步:两人一起走,即同行。这里是说自己与杜甫一起上朝。④丹陛:皇宫里红色的台阶,借指朝廷。⑤曹:官署。⑥紫薇:紫薇省,唐官署名,又叫中书省。⑦天仗:皇帝的仪仗。⑧阙事:缺点、过失。阙,通"缺"。

说意思

上朝时一起踏着红色的台阶,分署办公我们之间隔着中书省。早晨跟着天子的仪仗入朝,晚上带着满身御香气回家。满头新生的白发好像在悲叹着春天花儿的凋落,我遥望青云中高飞的鸟儿,心生羡慕。圣明的朝廷也许没有错事,劝谏皇帝的奏折越来越少了。

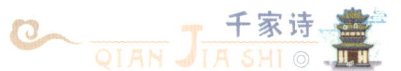

zǎo cháo dà míng gōng
早朝大明宫①

[唐]贾至

yín zhú cháo tiān zǐ mò cháng jìn chéng chūn sè xiǎo cāng cāng
银烛②朝天紫陌③长，禁城春色晓苍苍④。
qiān tiáo ruò liǔ chuí qīng suǒ bǎi zhuàn liú yīng rào jiàn zhāng
千条弱柳垂青琐⑤，百啭流莺绕建章⑥。
jiàn pèi shēng suí yù chí bù yī guān shēn rě yù lú xiāng
剑佩⑦声随玉墀步，衣冠身惹⑧御炉香⑨。
gòng mù ēn bō fèng chí shàng zhāo zhāo rǎn hàn shì jūn wáng
共沐恩波凤池⑩上，朝朝染翰⑪侍君王。

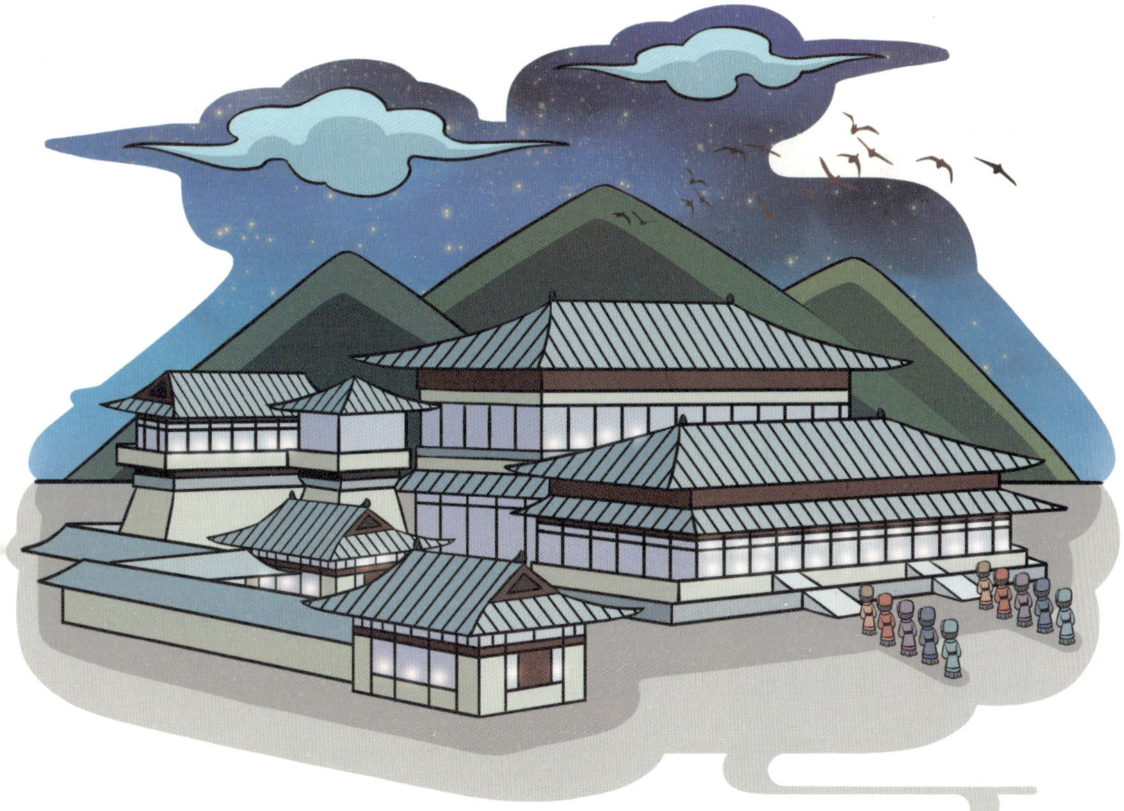

识作者

贾至（718—772），字幼邻，贾曾之子，洛阳人，唐代诗人。贾至交游广泛，很有诗名，其诗音调清畅，用词朴实无华。

解词语

① 原题为《早朝大明宫呈两省僚友》。早朝，臣子早上朝见皇上。大明宫，唐代皇宫的宫殿名。② 银烛：银色的烛光，一说借此比喻月光。③ 紫陌：指京城郊野的道路。④ 苍苍：深青色。⑤ 青琐：这里指宫门。因为古代宫门上雕刻的连环花纹一般都涂成青色，所以称为青琐。⑥ 建章：汉代宫殿名，代指大明宫。⑦ 剑佩：宝剑和玉佩。⑧ 惹：沾染上。⑨ 御炉香：朝会时宫殿中香炉里烧的香。⑩ 凤池：即凤凰池，禁苑中的池沼，这里指代中书省。因中书省位于禁苑，掌管机要，接近皇帝，因此将中书省称为"凤凰池"。⑪ 染翰：写文章，这里指为国家起草诏令。

说意思

拂晓时分，银色的烛光照亮了长安城长长的道路，皇城里春色盎然。千万棵嫩柳垂立在道路两旁，枝条随风拂动宫门；黄莺在自由地飞翔，婉转悦耳的鸣叫声回旋在大明宫上空。上早朝的文武百官，身上的佩剑和玉佩随着脚步的移动而发出轻响；身处大殿的臣子们，衣冠上沾染了御香炉里散发出来的檀香气。蒙受皇上恩宠的臣子们站在凤凰池上，准备开始协助君王治理国家。

寒食①

[唐] 韩翃

春城②无处不飞花，寒食东风御柳③斜。
日暮汉宫④传蜡烛⑤，轻烟散入五侯⑥家。

识作者

韩翃（hóng）（719—788），字君平，南阳（今属河南）人，唐代诗人，与钱起等诗人齐名，是"大历十才子"之一。韩翃最初在军队里做文书工作，建中年间，因为作《寒食》诗而被唐德宗赏识，官至中书舍人。韩翃擅长写送别、唱和的诗歌，笔法轻巧，写景别致。

解词语

①寒食：即寒食节，中国古代传统节日。每年清明节前两天，民间禁火三天，只吃冷食，所以称寒食。②春城：暮春时的长安城。③御柳：皇城的柳树。④汉宫：指唐朝皇宫。⑤传蜡烛：寒食节时要禁火三天，但是朝廷为示恩宠，往往会赐火给王侯贵戚。⑥五侯：汉成帝、桓帝都曾封勋戚功臣五人为侯，世称五侯，后泛指权贵。

说意思

暮春时节的长安城，处处都是飘飞的柳絮和落花；寒食节时，东风吹拂着皇城内的柳枝。夜幕垂下，皇宫中忙着传递烛火，袅袅轻烟飘到了王侯贵戚的家里。

逢侠者

[唐] 钱起

燕赵①悲歌士②,相逢剧孟③家。
寸心言不尽,前路日将斜。

识作者

钱起（约720—约782），字仲文，吴兴（今浙江湖州）人，唐代诗人，是"大历十才子"之一，与郎士元并称"钱郎"。他的诗以五言为主，大多是应景献酬之作，很少反映现实生活，风格上含蓄蕴藉、风雅纤丽。

解词语

①燕赵：即燕国和赵国，战国时的两个诸侯国。②悲歌士：燕、赵两国出了许多勇士，因此古人有"燕赵多慷慨悲歌之士"的说法。③剧孟：汉代著名的侠士，洛阳人。

说意思

燕、赵两地有很多慷慨悲歌的侠士，我们今天相逢于洛阳，这里是著名侠士剧孟的故乡。我心中悲壮不平的事情和你诉说不完，无奈太阳已经下山，只好再次与你分别。

三闾庙

[唐] 戴叔伦

沅湘流不尽,屈子怨何深。
日暮秋风起,萧萧枫树林。

识作者

戴叔伦(732—789),字幼公(一作次公),唐代诗人,为"大历十才子"之一。他的作品以反映农村隐逸生活及闲适情调为主,大多采取七言歌行的形式,是白居易新乐府诗体的代表。其作品收在《戴叔伦集》中。

解词语

① 三闾庙:在今湖南汨罗县境内,是奉祀春秋时楚国三闾大夫屈原的庙宇。② 沅湘:指沅江和湘江,这是湖南省境内的两条主要河流。③ 屈子:即屈原。④ 萧萧:风吹树木发出的响声。

说意思

沅江、湘江的水啊,滔滔流淌无尽头,屈原心中的悲怨之情就像这江水一样绵长深重。暮色茫茫,江面上吹起了阵阵秋风,三闾庙边的枫林萧萧作响。

滁州①西涧

[唐] 韦应物

独怜幽草涧边生,上有黄鹂深树③鸣。
春潮④带雨晚来急,野渡⑤无人舟自横⑥。

识作者

韦应物(约737—791),字义博,唐代诗人,京兆万年(今陕西西安)人。因出任过江州刺史、左司郎中等官职,后又定居苏州永定寺,所以被称为"韦江州""韦左司""韦苏州"。其诗歌多描写田园风光,语言简淡。后世将他与柳宗元并称为"韦柳"。

解词语

① 滁州:地名,今安徽滁州。② 西涧:在滁州城西,也叫上马河。③ 深树:枝繁叶茂的树木。④ 春潮:春天的潮汐。⑤ 野渡:僻野处无人管理的渡口。⑥ 横:指随意漂浮。

说意思

我喜爱生长在涧边的芳草,还有那树丛深处婉转啼鸣的黄鹂。傍晚时分,春潮上涨,还下起了绵绵细雨,西涧顿时变得流深水急;荒野渡口一个人都没有,只有一条小船随意地横在水面上。

秋夜寄丘员外①

[唐] 韦应物

怀君②属③秋夜,散步咏④凉天⑤。
山空松子落,幽人⑥应未眠。

解词语

① 诗题一作《秋夜寄丘二十二员外》。本诗作于唐德宗贞元五年（789）至贞元七年（791），韦应物当时出任苏州刺史，丘丹隐居临平山，两人交往频繁。丘员外，即丘丹，在家族中排行二十二，曾担任尚书郎，后来在平山隐居。② 怀君：怀念您。③ 属：正值、恰好。④ 咏：咏叹、歌咏。⑤ 凉天：秋天。⑥ 幽人：此处指丘丹，原指深居隐逸的人。

说意思

在这深秋的夜里我深深地想念着您，边散步边感叹这寒凉的天气。寂静空旷的山林中此刻正有松子掉落，我猜想正在幽居的您应该也还没有安睡。

城东早春

[唐] 杨巨源

诗家①清景②在新春③,绿柳才黄④半未匀。
若待上林⑤花似锦⑥,出门俱⑦是看花人⑧。

杨巨源(755—832),字景山,后改名巨济,唐代诗人。杨巨源曾在长安任职多年,与白居易、元稹、刘禹锡、王建等人交好。他才华横溢、学识渊博,既有舒朗豪迈之作,也有婉约柔美之作。作品有《杨少尹诗集》。

解词语

①诗家:诗人的统称,并不仅指作者自己。②清景:清新的景色。③新春:即早春。④才黄:才显出嫩黄色的柳芽。⑤上林:即上林苑,古代皇家园林,诗中用来代指唐朝京城长安。⑥锦:有彩色花纹的丝织品。⑦俱:都、全。⑧看花人:唐朝时,考中进士的人有在长安城中看花的风俗。此处一语双关,指考中进士的人。

说意思

诗人们最喜爱的,莫过于早春的清新景色;绿柳枝头刚刚萌生出嫩芽,星星点点的鹅黄色还不那么匀称。若是等到长安城中花开似锦的时候,那满城都将是赏花的人。

宫 词①

[唐] 王建

金殿②当头紫阁③重，仙人④掌上玉芙蓉⑤。
太平天子⑥朝元⑦日，五色云车⑧驾六龙⑨。

识作者

王建（约767—约830），字仲初，许州（治今河南许昌市）人，唐朝诗人。与诗人张籍齐名，世称"张王"，又因担任过司马而被称为"王司马"。王建写了大量关于田家、蚕妇、织女、水夫等的乐府，语言朴实无华；同时还写了宫词百首，其内容不仅包括传统的宫怨，还广泛地描绘了宫中风物，是研究唐代宫廷生活的重要材料。

解词语

① 宫词：唐代诗歌中常用的诗题，内容大多是描写皇宫中宫女的生活，形式一般为五言或七言绝句。其中以王建的《宫词》最为出名。② 金殿：皇宫的正殿，即金銮殿。③ 紫阁：华丽的殿阁，多指皇帝居所。这里指朝元阁，是唐代皇家家庙。④ 仙人：汉武帝晚年迷信长生不老之术，曾命人用铜铸成仙人，手托承露盘承接玉露。自此，仙人掌、玉芙蓉便成为宫禁的代名词。⑤ 玉芙蓉：承露盘是用红玉磨制的，呈芙蓉状，因此叫玉芙蓉。⑥ 太平天子：指治国平天

下的皇帝。⑦ 朝元：唐朝崇尚道教，唐高宗李治曾追封道教创始人李耳为"太上玄元皇帝"。⑧ 五色云车：传说中仙人乘坐的车。这里指皇帝所乘坐的五彩缤纷的马车。⑨ 驾六龙：皇帝乘坐的车是以六匹马来驾的。

说意思

庄严巍峨的金銮殿对面是重重叠叠的朝元阁，铜铸仙人手中托着用红玉磨制的芙蓉状的承露盘。在农历正月初一这天，太平天子要去朝拜天帝；皇帝出行乘坐的御车五彩斑斓，六匹骏马气度不凡。

晚春

[唐] 韩愈

草木知春不久归①,百般红紫斗芳菲。
杨花②榆荚③无才思④,惟解⑤漫天作雪飞。

识作者

韩愈(768—824),字退之,谥号"文",又称韩文公,河阳(今河南孟州南)人,唐代杰出的文学家、思想家、政治家。韩愈是唐代古文运动的倡导者,主张学习先秦两汉的散文语言,为"唐宋八大家"之首。他的诗歌力求新奇,对宋诗影响很大。

解词语

① 不久归:快要结束。② 杨花:指柳絮。③ 榆荚:榆钱,形状像铜钱,荚花呈白色。④ 才思:才华和思想。⑤ 惟解:只知道。

说意思

花草树木知道春天不久就要结束,都想方设法地把春天留住。它们吐艳争芳,霎时万紫千红,繁花似锦。杨花和榆钱自知没有艳丽妖娆的芳华,只好漫天遍野地随风飘舞,就像片片的雪花。

初春小雨①

[唐]韩愈

天街小雨润②如酥③,草色遥看近却无。
最是④一年春好处,绝胜⑤烟柳满皇都⑥。

解词语

①诗题一作《早春呈水部张十八员外》。②润:细滑润泽。③酥:酥油,这里比喻春雨的滋润。④最是:正是。⑤绝胜:绝对超过。⑥皇都:京城。

说意思

初春的小雨淅淅沥沥,淋在京城大道上就像酥油般细滑而润泽。小草远远看去青翠一片,近看时却是稀疏零星。这正是一年中最美的景色,远胜过杨柳满城的晚春。

自咏①

[唐]韩愈

一封②朝奏九重天③,夕贬潮阳路八千。
本为圣明除弊政④,敢将衰朽⑤惜残年。
云横秦岭⑥家何在,雪拥蓝关⑦马不前。
知汝远来应有意,好收吾骨瘴江⑧边。

解词语

①诗题一作《左迁至蓝关示侄孙湘》。②封:奏章,即《论佛骨表》。③九重天:指皇帝。④弊政:有害的事,这里指唐宪宗迎佛骨的事情。⑤衰朽:衰老体弱。⑥秦岭:陕西南部的山岭。⑦蓝关:即蓝田关,在今陕西蓝田东南。⑧瘴江:指岭南的河流。

说意思

早朝时向皇上递呈了奏章《论佛骨表》,皇帝批阅后很生气,傍晚便降下圣旨,将我贬谪到遥远的潮州。本想为国家革除弊政,怎能因年老体衰而顾惜残生。秦岭上白云缥缈,遮断了通往家乡的路;蓝田关大雪纷飞,连马儿都不肯再向前走。我知道你从远方而来自是有一番情意,正好在这瘴疠之地为我收拾尸骨吧。

玄都观桃花

[唐] 刘禹锡

紫陌①红尘②拂面来,无人不道③看花回。
玄都观里桃千树,尽是刘郎去后栽④。

识作者

刘禹锡（772—842），字梦得，洛阳（今属河南）人，唐代文学家、哲学家。刘禹锡有"诗豪"之称，他的诗高亢激昂，意气纵横，语言刚健，笔锋犀利。代表作品有《乌衣巷》《竹枝词》《陋室铭》等。

解词语

① 紫陌：京城（即长安城）的街道。② 红尘：街道上人马行走而扬起的尘土。③ 道：说。④ 尽是刘郎去后栽：暗指新贵们都是在"我"被贬后攀附当权者而得势的，讽刺了那些阿谀奉承的权贵们。刘郎，诗人自称。

说意思

长安城的大街上人马喧嚣，尘土飞扬，人人都说是从玄都观看花回来的。玄都观里栽种了数千株桃树，全都是在我贬官离开长安之后栽种的。

乌衣巷①

[唐]刘禹锡

朱雀桥②边野草花,乌衣巷口夕阳斜。
旧时③王谢④堂前燕,飞入寻常⑤百姓家。

解词语

① 乌衣巷:古巷名,在今江苏南京东南秦淮河南岸。东晋时期,这里曾是王、谢两大豪族所在地,因为两族子弟都喜欢穿黑衣服以示尊贵,因此得名乌衣巷。② 朱雀桥:桥名,在秦淮河上,六朝时是市中心通往乌衣巷的必经之路。③ 旧时:以前,过去。④ 王谢:东晋宰相王导和谢安权倾朝野、功业显著,他们所在的家族是当时势力最大的豪门世家。⑤ 寻常:普通,平常。

说意思

朱雀桥边清冷荒凉,长满了野草野花;乌衣巷口残垣断壁,映着一抹西斜的残阳。过去在王导、谢安两家屋檐下筑巢的燕子,如今却飞入了寻常老百姓的家里。

直中书省①

[唐] 白居易

丝纶阁②下文章静，钟鼓楼中刻漏③长。
独坐黄昏谁是伴？紫薇花对紫薇郎④。

识作者

白居易（772—846），字乐天，号香山居士、醉吟先生，太原（今山西太原市西南）人，唐朝著名的现实主义诗人。白居易的诗歌题材广泛，形式多样，语言平易通俗，诗歌境界开阔，倾向鲜明，有"诗魔"和"诗王"之称。代表诗作有《长恨歌》《卖炭翁》《琵琶行》等。

解词语

①中书省：官署名，唐代中央行政机关。②丝纶阁：中书省所在地，发布诏书以及中央政令的地方。③刻漏：古代用来滴水计时的器物，这里泛指时间。④紫薇郎：即中书舍人，唐代官名。唐代时，中书省改名为紫薇省，白居易任中书舍人，所以叫紫薇郎。

说意思

我在丝纶阁里轮值,没什么可写的文章,周围静悄悄的,只听到钟鼓楼上刻漏的滴水声,时间过得很慢。我一个人独自在这黄昏里坐着,谁来和我做伴呢?只有紫薇花和我这个紫薇郎寂然相对。

寻隐者①不遇

[唐]贾岛

松下问童子②,言师采药去。
只在此山中,云深③不知处④。

识作者

贾岛（779—843），字浪仙，一作阆仙，自号碣石山人，中唐著名诗人。贾岛一生穷苦愁闷，苦吟作诗，诗歌大多描写荒凉枯寂的情境，擅长五律，注重词句锤炼。贾岛和孟郊诗风相近，均以苦吟著称，后人将此类风格称为"郊寒岛瘦"。作品有诗文集《长江集》。

解词语

①隐者：隐居的人。②童子：隐者的学童。③云深：指山深云雾浓。④不知处：不知道在什么地方。

说意思

我在松下询问年幼的学童，他说师傅去山中采药了。他还说，师傅就在这座大山里，可是山林幽深、云雾浓密，不知道他去了哪里。

清明①

[唐] 杜牧

清明时节雨纷纷，路上行人欲断魂②。
借问③酒家何处有，牧童遥指④杏花村⑤。

识作者

杜牧（803—853），字牧之，号樊川居士，京兆万年（今陕西西安）人，唐代著名诗人、文学家。他的诗大多以咏史抒怀为主，风格豪迈，在晚唐成就很高，人们称他"小杜"（"老杜"为杜甫）。

解词语

①清明：即清明节，中国传统节日，在阳历四月五日前后。按照常例，这天要与家人团聚，一起上坟祭扫故人或踏青。②断魂：形容心情愁苦极深，好像神魂要与身体分开一样。③借问：向人问路。④遥指：指着远处。⑤杏花村：杏花深处的村庄。

说意思

清明节这天细雨纷纷，路上的行人们看上去就像断了魂一样迷乱悲凄。我向人打听哪里有酒家，放牛的牧童远远地指了指杏花深处的村庄。

江南春

[唐] 杜牧

千里莺啼①绿映红,水村山郭②酒旗③风。
南朝④四百八十寺⑤,多少楼台⑥烟雨⑦中。

解词语

①莺啼:莺鸟鸣啼。②郭:外城,这里指城镇。③酒旗:酒帘,古代酒店门前挂着的幌子。④南朝:在文中指先后与北朝对峙的宋、齐、梁、陈政权。⑤四百八十寺:南朝皇帝和大官僚偏好礼佛,在京城(今南京市)建造大量佛寺。这里说的四百八十寺,是虚数、泛指。⑥楼台:原指楼阁亭台,此处指寺院建筑。⑦烟雨:蒙蒙细雨,像烟雾一样。

说意思

辽阔的江南到处是莺歌燕舞,绿树掩映着红花,一派春意盎然的景象;临水而居的村庄、依山而建的城镇,到处可见迎风招展的酒旗。南朝留下的多座寺庙,就矗立在这朦胧的烟雨之中。

秋　夕①

[唐] 杜牧

银烛②秋光冷画屏③，轻罗小扇④扑流萤⑤。
天阶⑥夜色凉如水，卧看牵牛织女星。

解词语

① 诗题一作《七夕》，又作《秋夜宫词》。秋夕，秋天的夜晚。② 银烛：白色的蜡烛。③ 画屏：画有图案的屏风。④ 轻罗小扇：轻灵小巧的丝质团扇。⑤ 流萤：飞动的萤火虫。⑥ 天阶：皇宫中的台阶。

说意思

秋夜里，清冷的月色和着白色的烛光，映照着屏风上的图案，透出一丝幽冷。这时，一个守夜的宫女手里拿着轻罗小扇，四处扑打漫天飞舞的萤火虫。夜色如水，寒气袭人，宫女停下来，坐在冰冷的石阶上，出神地仰望着天河两岸遥遥相对的牛郎织女星。

泊秦淮①

[唐] 杜牧

烟笼寒水月笼②沙,夜泊秦淮近酒家。
商女③不知亡国恨④,隔江犹唱后庭花⑤。

解词语

① 诗题一作《秦淮夜泊》。泊,停泊,停靠。秦淮,河流名,在今江苏南京,横贯全市流入长江。相传是秦代时所开,凿钟山以疏通淮水,因此名叫秦淮河。② 笼:罩着,笼罩。③ 商女:以卖唱为生的歌女。④ 亡国恨:南朝国家灭亡的亡国之恨。⑤ 后庭花:南朝陈后主陈叔宝所作的《玉树后庭花》的简称。陈叔宝耽于声色,作此曲与后宫美女作乐,最终亡国,因此后人称此曲为亡国之音。

说意思

迷蒙的烟雾笼罩在浩渺的寒江上,白色的沙洲上面漫洒着明月的清辉。夜深了,我将小船停在酒家附近的秦淮河畔。金陵歌女好像不懂得亡国的遗恨和国破家亡的悲痛,依然在对岸吟唱着那首"亡国之音"《玉树后庭花》。

闻笛

[唐]赵嘏

谁家吹笛画楼①中,断续声随断续风。
响遏②行云横碧落③,清和冷月④到帘栊⑤。
兴来三弄⑥有桓子⑦,赋就一篇怀马融⑧。
曲罢不知人在否,余音嘹亮尚⑨飘空。

识作者

赵嘏(gǔ)(约806—约853),字承祐,唐代诗人。擅长七律,笔法圆熟,主要作品有《江楼感旧》《闻笛》等。

解词语

①**画楼**:指雕梁画栋的楼阁。②**遏**:止住。③**碧落**:碧空、天空,道家的称呼。④**清和冷月**:清冷柔和的月光。⑤**帘栊**:挂着帘子的窗户。⑥**三弄**:三支曲子。⑦**桓子**:晋朝的桓伊。⑧**马融**:东汉人,字季长,博学多才,擅长吹笛,著有《长笛赋》。⑨**尚**:还。

说意思

不知道是谁在画楼上吹奏笛子，断断续续的笛声随着轻风传出来。笛声嘹亮时，将那碧蓝天空中浮云的脚步都阻挡住了；笛声清越时，好似照在我床边的清冷月光。优美的笛声，好比当年桓伊为王徽之弹奏的三支曲子；优雅的曲调，让人不禁想起了马融《长笛赋》里的词句。乐曲已经结束了，不知道吹奏笛子的人是否还在，只有那悦耳嘹亮的笛声还久久地飘荡在空中，不肯消散。

宫中题

[唐] 李昂

辇路①生秋草,上林②花满枝。
凭③高何限④意,无复侍臣知。

识作者

李昂（809—840），唐文宗，为唐穆宗第二子，原名李涵。李昂喜欢作诗，尤其擅长作五言诗，现存诗七首。

解词语

①辇路：指皇宫内供帝王车驾行走的道路。辇，皇帝专用的马车。②上林：即上林苑，皇家园林。③凭：靠着，倚，这里指临高眺望。④何限：无限。

说意思

皇宫中辇道边长满了秋草，上林苑里的花儿开得正艳，压满了枝头。因登高而生发的无限悲苦和感慨之情，恐怕就是我的侍臣也不知道吧。

霜夜

[唐] 李商隐

初闻征雁①已无蝉②,百尺楼台③水接天。
青女④素娥⑤俱耐冷,月中霜里斗⑥婵娟⑦。

识作者

李商隐(约813—约858),字义山,号玉谿生,又号樊南生。李商隐的诗歌构思新奇,尤其是一些爱情诗和无题诗,写得优美动人,开拓出寄情深婉的新境界,影响深远。作品收录在《李义山诗集》。

解词语

①征雁:大雁春天飞到北方,秋天飞到南方,不畏惧远行,所以称征雁。此处指南飞的雁。②已无蝉:已经听不到蝉声。③百尺楼台:指高楼。④青女:指神话传说中的霜神。⑤素娥:嫦娥。⑥斗:比赛。⑦婵娟:美好,在古代常常用来形容容貌姣好的女子,也指月亮。

说意思

辽阔的天空中不时传来大雁的鸣叫声,蝉声却已经听不到了;在月白霜清的夜里,我登上高楼向远处眺望,只见水天相连处一片澄澈空明。霜神青女和月中嫦娥不畏惧寒冷,在冷月寒霜中争艳斗俏。

山亭夏日

[唐] 高骈

绿树阴浓①夏日长,楼台倒影入池塘。
水晶帘②动微风起,满架蔷薇一院③香。

识作者

高骈(821—887),字千里,幽州(治今北京城西南隅)人,唐末大将、诗人。高骈喜好诗文,又擅长骑射,曾一箭射下双雕,因此被人称为"落雕侍御"。主要作品有《送春》《山亭夏日》等。

解词语

①浓:指树荫很密。②水晶帘:装饰着水晶的帘子,这里比喻波光荡漾的水面。③一院:满院。

说意思

绿树葱郁,浓荫密布,夏日漫长,楼台的倒影映入了池塘。微风轻轻吹过,池水随之荡漾,就像一面水晶帘在摆动;满架的蔷薇,使得整个院子都弥漫着清香。

社 日①

[唐] 王驾

鹅湖山②下稻粱③肥,豚栅④鸡栖⑤对⑥掩扉⑦。
桑柘⑧影斜⑨春社散⑩,家家扶得醉人⑪归。

识作者

王驾(851—?),字大用,自号守素先生,河中(今属山西)人,晚唐诗人。他的诗歌构思巧妙,语言自然流畅。主要作品有《社日》《雨晴》等。

解词语

①社日:指古代祭祀土神的日子,分为春社和秋社。在这天,百姓们聚集在一起,进行各种类型的表演,并集体欢宴,以此表达他们对减少自然灾害、获得丰收的美好祝愿。②鹅湖山:山名,在今江西铅山北。③粱:古代对粟的通称。④豚栅:猪圈,猪栅栏。⑤鸡栖:鸡圈。⑥对:相对。⑦扉:门。⑧桑柘:桑树和柘树,这两种树的叶子都是蚕的食物。⑨影斜:太阳偏西,树影倾斜。⑩春社散:为春社而举办的聚宴已经散了。⑪醉人:喝醉的人。

说意思

鹅湖山下的庄稼长势喜人,丰收在望;牲畜圈里猪肥鸡壮,村民都不在家,家中门扇半掩。天色渐晚,桑树和柘树的影子越来越长,春社的欢宴结束了;到处都可以看见喝醉了的村民,由家人搀扶着回家。

登 山①

[唐] 李涉

终日昏昏②醉梦间，忽闻春尽强③登山。
因过竹院④逢僧话，又得浮生⑤半日闲。

识作者

李涉，自号清谿子，洛阳（今属河南）人，唐代诗人。唐文宗大和年间，曾任太学博士，后来因故被流放到康州（今属广东）。李涉现存诗一百余首，大多数是七言绝句。

解词语

① 诗题一作《题鹤林寺僧院》。② 昏昏：不清醒，迷迷糊糊。③ 强：勉强。④ 竹院：寺院。⑤ 浮生：出自《庄子·刻意》中的"其生若浮"，意思是说人这一生虚浮不定，所以称人生为"浮生"。

说意思

整天迷迷糊糊、昏昏沉沉的，就像喝醉了酒一样，又好像在做梦似的；突然听说春天就要过去了，勉强打起精神去登山。半路上经过一个种满竹子的寺院，和寺中的僧人攀谈许久，让我忘却了尘世的烦恼，得到了半日的清闲。

旅怀[1]

[唐] 崔涂

水流花谢两无情,送尽东风过楚城[2]。
蝴蝶梦[3]中家万里,杜鹃枝上月三更。
故园书动[4]经年[5]绝,华发[6]春催两鬓生。
自是[7]不归归便得[8],五湖[9]烟景有谁争。

识作者

崔涂，字礼山，晚唐诗人，江南桐庐富春（今属浙江）人。崔涂终生漂泊，诗歌题材大多是以漂泊无定、羁愁别恨为主，情调抑郁苍凉，自称是"孤独异乡人"。有《崔涂诗集》留世。

解词语

① 诗题一作《春夕旅梦》，又作《春夕旅游》《春夕旅怀》。旅怀，客居他乡的情怀。② **楚城**：泛指楚地。③ **蝴蝶梦**：意即往事像梦一样，这里泛指梦。④ **动**：动辄、每每。⑤ **经年**：常年。⑥ **华发**：花白的头发。⑦ **自是**：本来是。⑧ **归便得**：要回去便能够回去。⑨ **五湖**：旧称滆湖、洮湖、射湖、贵湖、太湖为五湖，多指太湖一带。

说意思

水不停地流走，花儿不断凋零，落花和流水都是无情的事物；就在这无情的季节，我来到楚地，就当作替春天送尽这一年的东风。在睡梦中，我就像庄周梦蝶一样回到了万里之外的家乡；醒来时正是三更时分，杜鹃在枝上凄厉地悲啼。寄往家乡的书信长年没有回音，我的两鬓在这春天又生出了许多白发。其实是我自己不想回家，假如我要回去立刻就能够动身；家乡五湖美好的景物、淡泊的生活，是没有谁和我争夺的呀！

表兄话旧①

[唐]窦叔向

夜合花②开香满庭,夜深微雨醉初醒。
远书③珍重何由达④,旧事凄凉不可听。
去日⑤儿童皆长大,昔年⑥亲友半凋零⑦。
明朝⑧又是孤舟别,愁见河桥酒幔⑨青。

识作者

窦叔向,字遗直,唐代扶风(今属陕西)人。窦叔向擅长作五言诗。

解词语

①诗题一作《夏夜宿表兄话旧》。话旧,叙谈以前的事。②夜合花:即合欢花,一种落叶乔木的花朵。③远书:远方传来的书信。④达:到达。⑤去日:离开的日子。⑥昔年:过去的年代。⑦凋零:原意是草木凋落,这里是人死亡的委婉用语。⑧明朝:明天早上。⑨酒幔:酒旗。

说意思

　　夏日的深夜,外面下起了小雨,庭院里百合花香一阵又一阵传来,我从酒醉中醒来。和兄弟说起往事,想着离家已经很久了,在这纷乱的年代写份叮嘱亲友珍重的书信也寄不到,家里的事情,每一件都是那么凄凉。当年离别时的那些孩子如今都已经长大成人,过去的亲友大多数已经亡故。明天早上又要孤零零地乘船离开,想起河桥边的青色酒幔,心中不由得十分忧愁,因为又要在那里与亲人分别了。

春怨

[唐] 金昌绪

打起①黄莺儿,莫教②枝上啼。
啼时惊妾③梦,不得到辽西④。

识作者

金昌绪,唐代诗人,浙江杭州人,《全唐诗》存诗一首。

解词语

①打起:赶走。②莫教:不让。③妾:谦辞,古代女子的自称。④辽西:辽河以西的地方。

说意思

我敲打树枝来赶走树上的黄莺,不让它在树枝上长啼。它的叫声会惊破我的美梦,害得我不能到辽西与戍守边关的亲人见面。

七夕①

[宋]杨朴

未会牵牛②意若何③,须邀织女④弄金梭⑤。
年年乞与⑥人间巧,不道⑦人间巧几多⑧。

识作者

杨朴(921—1003),郑州东里(今属河南)人,北宋诗人。喜欢读书,善于作诗,为人恬淡娴静,不慕荣华富贵,终生隐居在农村。著有《东里集》。《宋史》著录《杨朴诗》一卷。

解词语

①七夕:七夕节,又名乞巧节,农历七月七日,相传此日牛郎与织女在鹊桥相会。②牵牛:传说中的牛郎,在银河系之西有牵牛星。③若何:怎么样。④织女:传说中天帝的孙女,会纺织,私自下凡与牛郎结为夫妻,天帝大怒,罚他们分居于银河两岸,只允许每年七月七日相会一次。在银河之东有织女星。⑤金梭:对梭子的美称。⑥乞与:请求赐予。⑦不道:不曾料到。⑧几多:多少。

说意思

不知道牛郎究竟是怎么想的,每年七月非得邀请织女穿梭织锦给人间看。你们年年都赐予人间技巧,却不知人间的智巧已经够多了。

清 明

[宋]王禹偁

无花无酒过清明，兴味①萧然②似野僧③。
昨日邻家乞新火④，晓窗分与读书灯。

识作者

王禹偁（chēng）（954—1001），字元之，济州巨野（今属山东）人，北宋著名的诗人、散文家。王禹偁是北宋诗文革新运动的先驱，他在诗歌、散文两方面的创作都较为突出，促进了宋初诗风、文风的变革。他的作品多反映社会现实，风格清新平易。

解词语

①兴味：趣味、兴致。②萧然：兴致很低。③野僧：长期漂泊在外的和尚。④新火：唐宋习俗，清明前一日为寒食节，禁烟火，吃冷食，至清明节重新生火，称为"新火"。

说意思

我在无花可赏、无酒可饮的情形下度过这个清明节，寂寞清苦、兴味索然的样子，就像生活在荒山野庙里的和尚。昨天从邻居那里讨来了新火种，破晓时把火种分给了窗前读书照明用的灯盏。

梅花①

[宋] 林逋

众芳②摇落独暄妍③,占尽风情④向小园。
疏影⑤横斜水清浅,暗香⑥浮动月黄昏。
霜禽⑦欲下先偷眼⑧,粉蝶如知合⑨断魂⑩。
幸有微吟⑪可相狎,不须檀板⑫共⑬金樽⑭。

识作者

林逋（967—1029），字君复，钱塘（今浙江杭州）人，北宋著名隐逸诗人。他幼时刻苦好学，通晓经史百家。林逋一生从未做官，也没有娶妻，独自过着清静淡泊的生活。他特别喜爱梅花和养鹤，自谓"以梅为妻，以鹤为子"，人称"梅妻鹤子"。他在绘画、书法、诗歌等方面均有成就。他的诗歌，风格澄澈淡远，多写西湖的优美景色，反映隐逸生活和闲适情趣。

解词语

① 诗题一作《山园小梅》，原作有两首，这是其中一首。② 众芳：百花。③ 暄妍：天气暖和，景色明媚。这里形容梅花鲜艳夺目。④ 风情：风采，风光。⑤ 疏影：稀疏的影子。⑥ 暗香：幽香，清香。⑦ 霜禽：霜鸟，指白鸥、白鹭等。⑧ 偷眼：偷偷地看。⑨ 合：应该。⑩ 断魂：失魂落魄的样子。⑪ 微吟：轻声念新作的诗。⑫ 檀板：演奏音乐用的檀木拍板，这里指音乐。⑬ 共：与。⑭ 金樽：珍贵的酒杯，这里指美酒。

说意思

百花已凋零，唯有梅花迎着寒风竞相开放，那美丽的景致占尽了小园里的风采。稀疏的梅枝将影子斜斜地倒映在清浅的水面上，清幽的花香飘散在黄昏的月下。霜鸟想要停落在梅枝上，必须先偷看梅花一眼；蝴蝶如果知道梅花如此清香美丽，一定会为它失魂落魄。庆幸的是，我可以借梅吟诗并与梅花亲近，而不需要美酒歌舞来助兴。

寓意①

[宋] 晏殊

油壁香车②不再逢,峡云③无迹任西东。
梨花院落④溶溶月⑤,柳絮池塘⑥淡淡风。
几日寂寥伤酒⑦后,一番萧瑟⑧禁烟⑨中。
鱼书⑩欲寄何由达⑪,水远山长处处同。

识作者

晏殊（991—1055），字同叔，抚州临川（今江西抚州）人，北宋著名的政治家、文学家。宋仁宗时期，晏殊任宰相兼枢密使。晏殊自幼聪明好学，五岁就能创作，有"神童"之称。他在诗、词、散文、书法等方面都取得了很高的成就，而以词最为突出，有"词人宰相"之称。

解词语

① 诗题一作《无题》。寓意：借用其他的事物来寄托、抒发自己的本意。② 油壁香车：古代贵妇所乘的华贵的车子，因车壁、车帷用油而得名。③ 峡云：巫峡上空的云。④ 梨花院落：开满梨花的院落。⑤ 溶溶月：皎洁的月光如同水一样明净、柔和。⑥ 柳絮池塘：飘着柳絮的池塘。⑦ 伤酒：饮酒过量导致身体不适。⑧ 萧瑟：冷落，凄凉。⑨ 禁烟：即禁火，寒食节禁火。⑩ 鱼书：书信。⑪ 何由达：怎么能够寄到。

说意思

你乘坐的油壁香车，再也看不见了。你我之间的情缘，就像那巫峡上空的云彩无迹可寻，我在西，你向东。心想着那开满梨花的院落，如水般的月光照着我们相逢；漫天飞舞着柳絮的池塘边，我们依偎在一起，于微风中互相倾吐着真情。现在，我只能靠喝酒打发时光，非常寂寞，又赶上这凄清的寒食节，令我更加思念你。想寄封书信告诉你我的心意，可是隔着万水千山，你又如何能收到呢？

答丁元珍①

[宋] 欧阳修

春风疑不到天涯②,二月山城③未见花。
残雪④压枝犹有橘,冻雷⑤惊笋欲抽芽。
夜闻啼雁生乡思,病入新年感物华⑥。
曾是洛阳花下客⑦,野芳⑧虽晚不须嗟⑨。

识作者

欧阳修（1007—1072），字永叔，号醉翁，晚号六一居士。吉州吉水（今属江西）人，吉州原属庐陵郡，故自称庐陵人。北宋著名政治家、文学家、史学家，"唐宋八大家"之一，他领导了北宋诗文革新运动。作品有《欧阳文忠公集》。

解词语

① 诗题一作《戏答元珍》。丁元珍，指丁宝臣，字元珍，当时出任陕州军事判官，与作者关系密切。② 天涯：极为偏远的地方，这里指峡州。③ 山城：指峡州。④ 残雪：还未融化的积雪。⑤ 冻雷：早春的雷。⑥ 物华：美好的景物。⑦ 花下客：作者曾经在洛阳做过留守推官，园林花木繁盛，所以称花下客。⑧ 野芳：野花。⑨ 不须嗟：不必叹息。

说意思

我怀疑春风吹不到这偏远的山城，因为现在已是二月，还看不到花朵。还未融化的积雪压着枝条，枝丫上还留着去年秋天成熟的橘子。早春的雷声惊醒了地下的竹笋，很快就要抽出嫩芽了。晚上听到大雁的啼叫声，勾起了我对家乡的无限思念。我在病痛中度过了新年，禁不住感叹时光易逝，美好的景物总是变迁。我在洛阳任职时，曾经在牡丹花丛中饱览过美丽的春光。如今，这里的野花虽然开得晚些，但也不必为此叹息了。

客中初夏①

[宋] 司马光

四月清和雨乍②晴,南山当户③转分明。
更无柳絮因风起,惟有④葵花向日倾⑤。

识作者

司马光（1019—1086），字君实，号迂叟，陕州夏县（今属山西）涑水乡人，世称涑水先生。北宋著名的政治家、史学家、文学家。学识渊博，精通音乐、律历、天文、术数。宋神宗时，他反对王安石变法，离开朝廷十五年，主持编纂了编年体通史《资治通鉴》。

解词语

① 诗题一作《居洛初夏作》。客中，客居他乡。② 乍：初，开始。③ 当户：正对着门。④ 惟有：只有，仅有。⑤ 倾：斜。

说意思

初夏四月，天气清明和暖。一场雨后，山里的景色更加青翠怡人，对门的南山变得更加明净。眼前没有随风飘扬的柳絮，只有葵花朝着太阳绽放着。

春夜①

[宋] 王安石

金炉②香尽漏声残③，剪剪④轻风阵阵寒。
春色恼人⑤眠不得，月移花影上栏杆。

识作者

王安石（1021—1086），字介甫，晚号半山，北宋著名的思想家、政治家、文学家，是"唐宋八大家"之一。宋神宗时，他两度为相，主持变法，以实现富国强兵的愿望。因守旧派反对，变法收效甚微。他的诗大多陈述现实，有感而发，立意新颖，长于说理与修辞，风格雄直遒劲、壮丽超逸而又深婉不迫。作品有《临川先生文集》《王文公文集》。

解词语

①诗题一作《夜值》，写于熙宁二年（1069）初春。②金炉：铜质的香炉。③漏声残：指水将滴完，即天就要亮了。漏，古代用来计时的工具，用铜壶等容器盛水，使它滴入有刻度的器具，依照器具中盛水的情况来计时。④剪剪：形容风很轻而且带有寒意。⑤恼人：挑动人。

说意思

已经是深夜时分，香炉里的香早已燃尽，漏壶里的水也要漏完了，夜风带来阵阵寒意。夜晚的春色撩人，让人难以入眠，只见随着月亮的移动，花木的影子悄悄地爬上了栏杆。

元　日①

[宋] 王安石

爆竹②声中一岁除③，春风送暖入屠苏④。
千门万户曈曈⑤日，总把新桃⑥换旧符。

解词语

①元日：农历正月初一，即春节。我国重要的传统节日之一，象征着旧的一年结束，新的一年开始。②爆竹：竹子爆裂发出的响声。古人认为竹子爆裂发出的响声可以驱鬼辟邪，所以在正月初一燃烧竹子，后来演变成放鞭炮。③一岁除：一年已经过去。除，结束，过去。④屠苏：指屠苏酒。古人在酒里泡屠苏草、肉桂、山椒等，所以得此名。唐宋时期，人们有在正月初一这天喝屠苏酒的习俗，据说可以除灾辟邪。⑤曈曈：太阳初生时光亮而温暖的样子。⑥桃：桃符。古代风俗，人们在桃木板上画神像，悬挂在门旁，用来辟邪消灾，每年的正月初一更换新的桃符。

说意思

在爆竹声中旧的一年已经过去了，迎着和暖的春风，人们开怀地畅饮着屠苏酒。早晨初升的太阳照耀着千家万户，家家门上的旧桃符已经换成了新的。

书湖阴先生①壁

[宋]王安石

茅檐②长扫净无苔③,花木成畦④手自栽。
一水护田⑤将绿绕,两山排闼⑥送青来⑦。

解词语

①湖阴先生:杨德逢,别号湖阴先生,一位隐士,是作者晚年住在金陵钟山时的朋友。②茅檐:茅屋的房檐,这里指庭院。③无苔:没有青苔。④成畦:成垄成行。畦,划分成块的田地。⑤护田:指护卫、环绕着园田。⑥排闼:开门。闼,小门。⑦送青来:送来绿色。

说意思

庭院经常打扫,干净得连一丝青苔都看不见。成行成垄的花草树木,都是主人亲自栽种的。庭院外的碧水护卫、环绕着修整过的农田,两座青山像两扇推开的门为主人送来绿色。

春日偶成①

[宋] 程颢

云淡风轻近午天③，傍花随柳④过前川⑤。
时人不识余⑥心乐，将谓⑦偷闲学少年。

识作者

程颢（hào）（1032—1085），字伯淳，世称"明道先生"，洛阳（今属河南）人，北宋理学家、教育家。他与同胞弟弟程颐一起奠定了北宋理学基础，被称为"二程"。他和程颐的学说后来为南宋的朱熹所继承和发展，世称"程朱学派"。

解词语

①偶成：偶然间写成的。②云淡：云层很淡薄，指晴朗的天气。③午天：正午时分。④傍花随柳：穿行于花柳之间。⑤川：平原或河畔。⑥余：我。一作"予"。⑦将谓：就以为。将，于是，就。

说意思

接近正午时分，天上飘着薄薄的云彩，偶尔刮起一阵阵微风。我穿行在花丛和柳树之间，不知不觉间来到了小河边。人们不知道此时此刻我的内心是多么快乐，还以为我是在学少年的模样忙里偷闲呢。

题淮南寺①

[宋] 程颢

南去北来休便休②,白蘋③吹尽楚江④秋。
道人⑤不是悲秋客⑥,一任⑦晚山相对愁。

解词语

①淮南寺：宋代设淮南道，治所在扬州，淮南寺就在它的附近。②休便休：想休息便休息。③白蘋：即白萍，浮生在水面上的萍草，初秋的时候开白花。④楚江：指长江。⑤道人：诗人自称。⑥悲秋客：因秋天到来而伤感的人。⑦一任：任凭，听凭。

说意思

南去北来，想休息就休息，无比自在。阵阵秋风吹尽了江面上的白萍，呈现出一派悲凉的晚秋景象。我不是那种因萧瑟的秋景而伤感的过客，任凭楚江两岸的山峦在黄昏中相对着哀伤悲戚。

送春

[宋] 王令

三月残花落更①开,小檐②日日燕飞来。
子规③夜半犹啼血④,不信东风⑤唤不回。

识作者

王令（1032—1059），字逢原，北宋诗人。文章和人品方面得到了王安石的赏识，两人后来结为知己。王令的诗受韩愈、孟郊、李贺的影响较深，构思新奇，造语精辟，气势磅礴。作品有《广陵先生文集》《十七史蒙求》。

解词语

①更：再，又。②檐：屋檐。③子规：杜鹃。④啼血：相传古蜀国国王杜宇（望帝）亡国后化为杜鹃，自春至夏昼夜悲鸣，声音哀切，以至于口中泣血，所以说啼血。⑤东风：春风，春光。

说意思

晚春三月的花落了又开，低矮的屋檐下小燕子飞走还会回来。杜鹃鸟不分昼夜地啼叫，直到啼出血来，它们只是不相信唤不回已渐渐消逝的春光。

海 棠

[宋] 苏轼

东风①袅袅②泛③崇光④,香雾空蒙⑤月转廊。
只恐夜深花睡去,故⑥烧高烛照红妆⑦。

识作者

苏轼(1037—1101),字子瞻,号东坡居士,眉州眉山(今属四川)人,北宋著名的文学家,北宋中期的文坛领袖。苏轼在文学艺术创作方面堪称全才,诗、词、散文、书、画等方面都有很高的成就。他的散文纵横恣肆,自然畅达,与欧阳修并称"欧苏",为"唐宋八大家"之一。他是豪放词派的创始人,与辛弃疾同为豪放派代表,并称"苏辛"。他的诗歌题材广泛,清新自然,富有理趣,独具风格。作品有《东坡七集》《东坡乐府》等。

解词语

①东风:春风。②袅袅:微风轻轻吹动的样子。③泛:摇动。④崇光:春光。⑤空蒙:朦胧,雾气迷蒙。⑥故:因此。⑦红妆:女子的盛妆,这里指海棠花美丽的样子。

说意思

春风轻轻吹拂,春光美好。花香弥漫在这朦胧的夜雾里,而月亮不经意中转过了院中的回廊。夜深人静,我只担心海棠花会像人一样睡去,凋零萎谢。因此,我点燃了高烛,照耀着海棠花美丽的妆容。

饮湖①上初晴后雨

[宋] 苏轼

水光潋滟②晴方③好,山色空蒙④雨亦奇。
欲把西湖比西子⑤,淡妆浓抹总相宜⑥。

解词语

①湖:指西湖,位于杭州西面。②潋滟:水面波光闪动的样子。③方:正。④空蒙:烟雨迷蒙的样子。⑤西子:西施,春秋时期越国著名的美女。⑥相宜:合适,适宜。

说意思

晴天的西湖,水波荡漾,在阳光的照耀下光彩熠熠,正展示着美丽的风貌;雨天的西湖,山峦笼罩在烟雨之中,若有若无,缥缥缈缈,又显出别样的奇妙景致。我想,如果把西湖比作美人西施,无论是淡妆,还是浓妆,都能很好地衬托出她的天生丽质和迷人的神韵。

冬景①

[宋]苏轼

荷尽已无擎雨盖②,菊残③犹有傲霜枝。
一年好景君④须⑤记,最是⑥橙黄橘绿⑦时。

解词语

①诗题一作《赠刘景文》。刘景文,刘季孙,字景文,时任两浙兵马都监,与苏轼有诗酒往来,交往很深。②擎雨盖:指荷花宽大的叶子。擎,举。③菊残:秋菊已经凋落了。④君:您。⑤须:必须,应该。⑥最是:正好是。⑦橙黄橘绿:橙子发黄、橘子发绿的时节,指农历秋末冬初。

说意思

荷花凋落了,宽大的荷叶也已败尽。菊花枯萎了,但那耐寒挺拔的菊枝仍然在寒风中迎着风霜。您要记住一年中最美的景色,就是在这橙黄橘绿的秋末时节啊!

夏日登车盖亭①

[宋] 蔡确

纸屏②石枕竹方床③,手倦抛书午梦长。
睡起莞然④成独笑,数声渔笛⑤在沧浪⑥。

识作者

蔡确（1037—1093），字持正，泉州晋江（今福建泉州）人。哲宗朝宰相，王安石变法的主要支持者之一。蔡确十分聪慧，崇尚气节，不拘小节。

解词语

①车盖亭：地名，在湖北安陆西北。②纸屏：用纸做的屏风。③竹方床：方形的竹床。④莞然：微笑的样子。⑤渔笛：渔人的笛声。⑥沧浪：这里指水面。

说意思

炎炎夏日，纸做屏风，石做枕头，我躺在竹床上，清凉怡人。手举诗书翻看，感到疲累，随手抛在一旁，渐渐进入梦乡。梦醒之后，我不禁独自暗笑，细细思量着世间事，忽然听见从水面上传来了几声清亮的渔笛声。

冷泉亭①

[宋]林稹

一泓②清可③沁诗脾④,冷暖年来⑤只自知。
流出西湖载⑥歌舞,回头不似⑦在山时。

识作者

林稹,字丹山,长洲(今江苏苏州)人,才学出众。神宗熙宁九年(1076)考中进士。其余不详。

解词语

①冷泉亭:亭名,在杭州西湖飞来峰下。②一泓:一汪深水。③清可:清澈可人。④诗脾:诗思,诗兴。⑤年来:岁月更替,年来年去。⑥载:承载。⑦不似:不像。

说意思

一汪清澈的冷泉水,引起了诗人无尽的诗思。岁月更替,冷暖只有泉水自己知道了。浮载着满是歌女、舞女船只的冷泉水呀,相比在山上时的清澈,已不是同一面貌了。

鄂州南楼书事[1]

[宋] 黄庭坚

四顾[2] 山光[3] 接水光[4]，凭栏[5] 十里[6] 芰荷[7] 香。
清风明月无人管，并[8] 作南来一味凉[9]。

识作者

黄庭坚（1045—1105），字鲁直，号山谷道人、涪翁，北宋著名文学家、书法家，江西诗派开山之祖。他的诗说理细密，代表了宋诗的特点，对两宋诗坛影响很大。

解词语

[1] 诗题一作《晚楼闲望》。书事，纪事。[2] 四顾：向四周远望。[3] 山光：山色。[4] 水光：水色。[5] 凭栏：倚着栏杆。[6] 十里：形容水面宽阔。[7] 芰荷：出水的荷花。[8] 并：合并到一起。[9] 一味凉：一片凉意。

说意思

站在南楼上倚着栏杆向四周远望，只见山光水色相连，辽阔的水面上荷花盛开，空气中飘来一阵阵的香气。无人管束的清风明月多么自由自在，南风扑面吹来，使人感到一阵凉意。

打球图

[宋] 晁说之

阊阖①千门万户开,三郎②沉醉打球③回。
九龄④已老韩休⑤死,无复明朝谏疏⑥来。

识作者

晁说之(1059—1129),字以道,一字伯以,济州巨野(今山东巨野)人,因仰慕司马光的为人,自号景迂生。

解词语

① 阊阖:传说中的天门,这里指宫门。② 三郎:指唐玄宗李隆基。③ 球:又称"鞠",是古时的一种玩具。用皮革做成,内部用毛填实。④ 九龄:张九龄,唐玄宗时的贤相,因遭李林甫诬陷而罢相。⑤ 韩休:唐玄宗时的贤相,敢于直言进谏。⑥ 谏疏:向皇帝进谏的奏章。

说意思

皇宫里的大门全都敞开着,原来是要迎接皇帝打球归来。张九龄已老迈,韩休已经去世,早朝再也不会有直言进谏的贤臣来劝说皇帝了。

三衢道中①

[宋] 曾几

梅子黄时②日日晴,小溪泛尽③却山行④。
绿阴⑤不减⑥来时路,添得黄鹂⑦四五声。

识作者

曾几(1084—1166),字吉甫,自号茶山居士,南宋诗人。曾几学识渊博,勤于政事。他作诗不用奇字,讲究用字炼句。他的诗多属抒情遣兴、唱酬题赠之作,风格娴雅清淡。著有《茶山集》。

解词语

① 三衢道中:在去三衢州的道路上。三衢,即衢州,在今浙江省,因境内有三衢山而得名。② 梅子黄时:指农历五月,梅子成熟的季节。这个季节本是多雨的季节,现在却每天是晴天。③ 小溪泛尽:乘小船走到小溪的尽头。小溪,小河沟。泛,乘船。尽,尽头。④ 却山行:再走山间小路。却,再。⑤ 阴:树荫。⑥ 不减:并没有少多少,差不多。⑦ 黄鹂:黄莺。

说意思

梅子黄透成熟的时候,天天都是晴朗的好天气。我乘坐小船走到小溪的尽头,再改走山路,继续前行。山路上绿荫浓密,并不比来时少。深林丛中偶尔传来几声黄鹂鸟欢快的鸣叫声,更是增添了几分乐趣。

寒食书事①

[宋] 赵鼎

寂寂②柴门③村落里,也教插柳④纪年华。
禁烟不到粤人国⑤,上冢⑥亦携庞老⑦家。
汉寝唐陵⑧无麦饭,山溪野径有梨花。
一樽⑨竟藉⑩青苔卧,莫管城头奏暮笳⑪。

识作者

赵鼎（1085—1147），字元镇，解州闻喜（今属山西）人，自号得全居士，南宋诗人、词人、政治家。崇宁五年（1106）考中进士，绍兴年间两度为相。他在散文、诗、词各方面的成就都很高，有《忠正德文集》《得全居士词》等传世。

解词语

①寒食书事：寒食节记事。②寂寂：清静冷落的样子。③柴门：用木条、树枝编成的简陋的门。④插柳：古代过寒食节有在门上插柳的习俗。⑤粤人国：现在的广东、广西一带。⑥上冢：上坟祭扫。冢，坟。⑦庞老：东汉末年的庞德公。据说司马徽来看他，正碰上他上坟扫墓归来。⑧汉寝唐陵：指汉唐帝王们的陵墓。⑨樽：酒杯。⑩藉：借。⑪暮笳：暮色中的笳声。笳，胡笳，古代北方边塞的乐器。

说意思

即使开着几扇柴门的清静冷落的村落里，也还是要插几根杨柳枝条，标志出每年的节令。遥远的粤地虽然没有寒食节禁烟火的风俗，但也像古代庞德公那样带着全家老小上山扫墓。普通百姓死后有人上坟祭扫，可汉唐帝王们的陵墓竟没有人拿着麦饭去祭祀。村民们祭扫归来，山路两旁有潺潺的溪流相伴，还有洁白的梨花可供观赏。喝完一杯醇香的美酒后，暂且仰卧在青苔上休息一会儿，不去理会暮色中城头的笳声。

秋思

[宋] 陆游

利欲①驱②人万火牛,江湖浪迹③一沙鸥。
日长似岁④闲方觉,事大如天醉亦休⑤。
砧杵敲残深巷月,梧桐摇落故园秋。
欲舒老眼无高处,安得⑥元龙⑦百尺楼。

识作者

陆游（1125—1210），字务观，自号放翁，越州山阴（今浙江绍兴）人，南宋文学家、史学家、爱国诗人。陆游生逢北宋灭亡之际，少年时即深受家庭中爱国思想的熏陶。陆游的诗、词、散文、书法成就都很高，他与王安石、苏轼、黄庭坚并称"宋代四大诗人"，又与杨万里、范成大、尤袤合称"南宋四大家"。他一生勤奋，创作了九千多首诗，诗歌内容丰富，语言平易晓畅，章法整饬谨严，兼具李白的雄奇奔放与杜甫的沉郁悲凉，尤以饱含爱国热情对后世影响深远。有《渭南文集》《剑南诗稿》等传世。

解词语

①欲：欲望。②驱：驱使。③浪迹：四处漂泊，行踪不定。④日长似岁：一日长似一年。⑤休：忘了。⑥安得：哪能。⑦元龙：三国时期的陈登，字元龙，素有扶世救民的志向。

说意思

利欲驱使人们东奔西走，就像万头火牛奔突，倒不如做个浪迹天涯的江湖之人，像沙鸥鸟那样自由自在。闲暇无聊的时候才感觉一日长似一年，就算是天大的事，喝醉了也就没有事了。在捣衣棒的敲打声中，深巷里的明月慢慢西沉了，梧桐树摇落了一地树叶，这才明白故乡现在也是秋天了。想举目看向远方，苦于找不到登高的地方，哪能像陈登那样站在百尺高楼上，高谈天下大事呢。

田家①

[宋] 范成大

昼出耘田②夜绩麻③，村庄儿女各当家④。
童孙⑤未解供⑥耕织，也傍⑦桑阴⑧学种瓜。

识作者

范成大（1126—1193），字致能，号石湖居士，苏州吴县（今江苏苏州）人。南宋著名诗人，与陆游、杨万里、尤袤并称"中兴四大家"或"南宋四大家"。他的诗歌题材广泛，田园诗自成一格，影响很大。他的著述丰富，作品有《石湖居士诗集》《石湖词》《吴船录》等。

解词语

①宋孝宗淳熙十三年（1186），范成大退居苏州石湖时作《四时田园杂兴》绝句六十首，本诗是其中一首。②耘田：除去田里的杂草。③绩麻：搓麻线。④各当家：各顶一行。⑤童孙：泛指幼童。⑥供：从事。⑦傍：靠近。⑧桑阴：桑树的树荫。

说意思

白天去田里除草,晚上回来搓麻线织布,村里的年轻人都担负起各自家庭的工作。孩子们虽然不会耕作和织布,但他们也在桑树下面学起了种瓜。

闲居初夏午睡起①

[宋] 杨万里

梅子留酸②软齿牙③,芭蕉分绿与④窗纱。
日长⑤睡起无情思⑥,闲看儿童捉柳花⑦。

识作者

杨万里（1127—1206），字廷秀，学者称其为诚斋先生，吉水（今属江西）人，南宋诗人。他与陆游、尤袤、范成大并称"中兴四大家"或"南宋四大家"。据说杨万里一生作诗两万多首，现存四千二百余首，被誉为一代诗宗。他的诗歌以描写自然景物见长，创造了语言浅近明白、清新自然且富有幽默情趣的"诚斋体"。作品有《诚斋集》。

解词语

①诗题一作《初夏睡起》。②留酸：带酸。留，一作"流"。③软齿牙：梅子的酸味渗透牙齿。软，一作"溅"。④与：给予。一作"上"。⑤长：一作"高"。⑥无情思：无心绪。⑦柳花：柳絮。

说意思

吃过梅子，余酸还残留在牙齿之间。芭蕉长势很好，浓密的绿荫映照在纱窗上。夏日漫长，午睡醒来深感无聊，闲看儿童追逐空中飘飞的柳絮。

晓出①净慈寺②送林子方③

[宋] 杨万里

毕竟④西湖六月中，风光不与四时⑤同。
接天⑥莲叶无穷碧⑦，映日荷花别样⑧红。

解词语

①晓出：太阳刚刚升起。②净慈寺：杭州西湖南岸著名的佛寺。③林子方：作者的朋友，官居直阁秘书。④毕竟：到底。⑤四时：春、夏、秋、冬四个季节，这里指夏天之外的其他三个季节。⑥接天：与天空相接。⑦无穷碧：无边无际的碧绿色。⑧别样：不一样，格外。

说意思

到底是西湖的六月时节，此时的风光与其他三个季节都不同。碧绿的莲叶无边无际，好像与天连在了一起。荷花在太阳的映照下，显得格外红艳。

春日

[宋] 朱熹

胜日①寻芳②泗水③滨④,无边⑤光景⑥一时新。
等闲⑦识得东风⑧面,万紫千红总是春。

识作者

朱熹（1130—1200），字元晦，又字仲晦，号晦庵、晦翁，别称紫阳先生。宋代著名理学家、教育家、诗人，中国思想史上重要的哲学家之一。十九岁考中进士，做官清正有为。一生主要从事著述和讲学，被后世儒者尊称为"朱子"。

解词语

①胜日：春光明媚的好日子。②寻芳：游春，踏青。③泗水：河名，位于山东中部。④滨：河边，水边。⑤无边：没有边际。⑥光景：风光，风景。⑦等闲：平常、轻易。⑧东风：春风。

说意思

在一个春光明媚的美好日子，我来到泗水边踏青，只见无边无际的风光景物都焕然一新。我能轻易识别出春天的面貌，因为春风吹得百花盛开、万紫千红，到处都是春天的景象。

观书有感

[宋] 朱熹

半亩方塘①一鉴②开,天光云影③共徘徊④。
问渠那得⑤清如许⑥,为有源头活水来。

解词语

①方塘:又称半亩塘,在今福建的尤溪城南郑义斋馆舍(后为南溪书院)内。②鉴:镜子。③天光云影:天空的光和云朵的影子。④徘徊:来回移动。⑤那得:怎么会。⑥清如许:这样清澈。如,如此。

说意思

半亩大的方形池塘像镜子一样展现在眼前,天光和云影一起映入水塘,不停地晃动闪耀,来回移动。要问这池塘里的水怎么会如此清澈,那是因为有永不枯竭的源头为它源源不断地输送活水啊。

泛舟①

[宋]朱熹

昨夜江边春水生,艨艟②巨舰一毛轻③。
向来④枉费⑤推移力⑥,此日中流⑦自在⑧行。

解词语

① 此为《观书有感二首》之二。泛舟,舟浮行在水上。② 艨艟:古代的一种战船。③ 一毛轻:像一片羽毛那样轻盈。④ 向来:历来,一向。⑤ 枉费:白费。⑥ 推移力:推船使之移动的力气。⑦ 中流:河流之中。⑧ 自在:悠闲自在。

说意思

昨天晚上,江河里的春水突然涨起来了,庞大的战船漂浮在水面上就像一片羽毛那样轻盈。以往白白花费了很大力气也不能推动它,如今它却可以在河流当中悠闲自在地航行了。

立春偶成①

[宋] 张栻

律回②岁晚③冰霜少,春到人间草木知。
便觉眼前生意④满,东风吹水绿参差⑤。

识作者

张栻(1133—1180),字敬夫,一字钦夫,号南轩,南宋诗人、学者。他出身于一个官宦世家,是南宋中兴名将张浚之子。他与朱熹、吕祖谦齐名,史称"东南三贤"。

解词语

① 诗题一作《立春日禊(xì)厅偶成》。② 律回:节令回转,春回大地,又指新春伊始。③ 岁晚:写这首诗那年的立春是在年前,在民间称作内春,所以叫岁晚。④ 生意:生机、生气。⑤ 参差:不平衡或不整齐的样子,这里指风吹得水面波纹起伏的样子。

说意思

立春了,天气渐渐回暖,冰冻霜雪明显变少了;春天的来临,就算草木也都知道。眼前的一片绿色,充满了春天的生机;一阵东风吹来,春水碧波荡漾。

初夏游张园①

[宋] 戴复古

乳鸭②池塘水浅深,熟梅天气半晴阴③。
东园载酒西园醉,摘尽枇杷④一树金⑤。

识作者

戴复古（1167—？），字式之，号石屏，台州黄岩（今浙江台州市黄岩区）人，南宋诗人、词人。他的词格调高朗，文笔俊爽。作品有《石屏诗集》《石屏词》。

解词语

① 诗题一作《夏日》。② 乳鸭：刚孵出不久的小鸭。③ 半晴阴：忽晴忽阴。④ 枇杷：植物名，果实呈球形，成熟时为金黄色。味道甜，可食用。⑤ 一树金：一树金黄色的枇杷像金子一样。

说意思

小鸭在池塘里尽情嬉戏，时而游到浅水里，时而游到深水中。梅子成熟的季节里，天气总是忽晴忽阴。邀请了一些好友，一边饮酒一边游玩，游了东园又游西园，几个人已有醉意。园子里的树上结满了枇杷，看上去就像金子一样，正好都摘下来供酒后品尝。

有 约①

[宋] 赵师秀

黄梅时节②家家雨③，青草池塘处处蛙④。
有约⑤不来过夜半，闲敲棋子落灯花⑥。

识作者

赵师秀（1170—1219），字紫芝，又字灵芝，号灵秀、天乐，永嘉（治今浙江温州）人，南宋诗人，人称"鬼才"，与翁卷、徐照、徐玑并称"永嘉四灵"。他作诗善用白描手法，诗风清瘦野逸。

解词语

① 诗题一作《约客》。约客，即邀请客人来相会。② **黄梅时节**：春末夏初梅子成熟的时节。③ **家家雨**：天天下雨，人们多闭门不出。④ **处处蛙**：到处是青蛙的叫声。⑤ **有约**：邀约友人。⑥ **落灯花**：古时候用油灯来照明，灯芯烧残，落下来时像一朵小花。

说意思

梅子成熟的时节，家家户户都笼罩在烟雨中。长满青草的池塘边上，传来阵阵蛙叫声。午夜已过，约好的客人还未到来。我无聊地坐在灯下敲击着棋子，把灯花都震落了。

清 明

[宋]高翥

南北山头多墓田①,清明祭扫各纷然②。
纸灰③飞作白蝴蝶,泪血染成红杜鹃。
日落狐狸眠冢④上,夜归儿女笑灯前。
人生有酒须当⑤醉,一滴何曾到九泉⑥。

识作者

高翥（zhù）（1170—1241），原名公弼，字九万，号菊涧，余姚（今属浙江）人。他生性淡泊，一生没有做官。高翥属于江湖诗派，有才情。他的诗有民歌风格，擅长用平易自然的词句描绘出寻常的景色，平易雅淡，脍炙人口。

解词语

①墓田：坟地，墓地。②纷然：众多的样子。③纸灰：烧纸钱化成的灰。④冢：坟墓。⑤须当：应当。⑥九泉：指人死后埋葬的地方。古人相信人死后魂归地下，其地为九泉，又称黄泉。

说意思

在南山、北山上，有很多墓地。清明节那天，到处都是上坟祭扫的人。烧纸钱化成的灰，像白色的蝴蝶四处飞舞。凄悲的哭泣，流出的血泪染红了满山的杜鹃。黄昏时，寂静的坟场一片荒凉，只有狐狸孤独地躺在坟上睡觉。夜晚，上坟归来的儿女们在灯前欢声笑语。人在世的时候，有酒就应当痛饮，有福就应当享受。人死后，儿女们在坟前祭奠的酒哪有一滴可以流到黄泉呢？

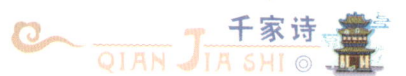

冬景①

dōng jǐng

[宋] 刘克庄

qíng chuāng zǎo jué ài zhāo xī, zhú wài qiū shēng jiàn zuò wēi.
晴窗早觉②爱朝曦③，竹外秋声④渐作威。

mìng pú ān pái xīn nuǎn gé, hū tóng yùn tiē jiù hán yī.
命仆⑤安排新暖阁⑥，呼童熨贴旧寒衣。

yè fú nèn lǜ jiǔ chū shú, chéng qiē xiāng huáng xiè zhèng féi.
叶浮嫩绿⑦酒初熟，橙切香黄⑧蟹正肥。

róng jú mǎn yuán jiē kě xiàn, shǎng xīn cóng cǐ mò xiāng wéi.
蓉菊⑨满园皆可羡⑩，赏心⑪从此莫相违。

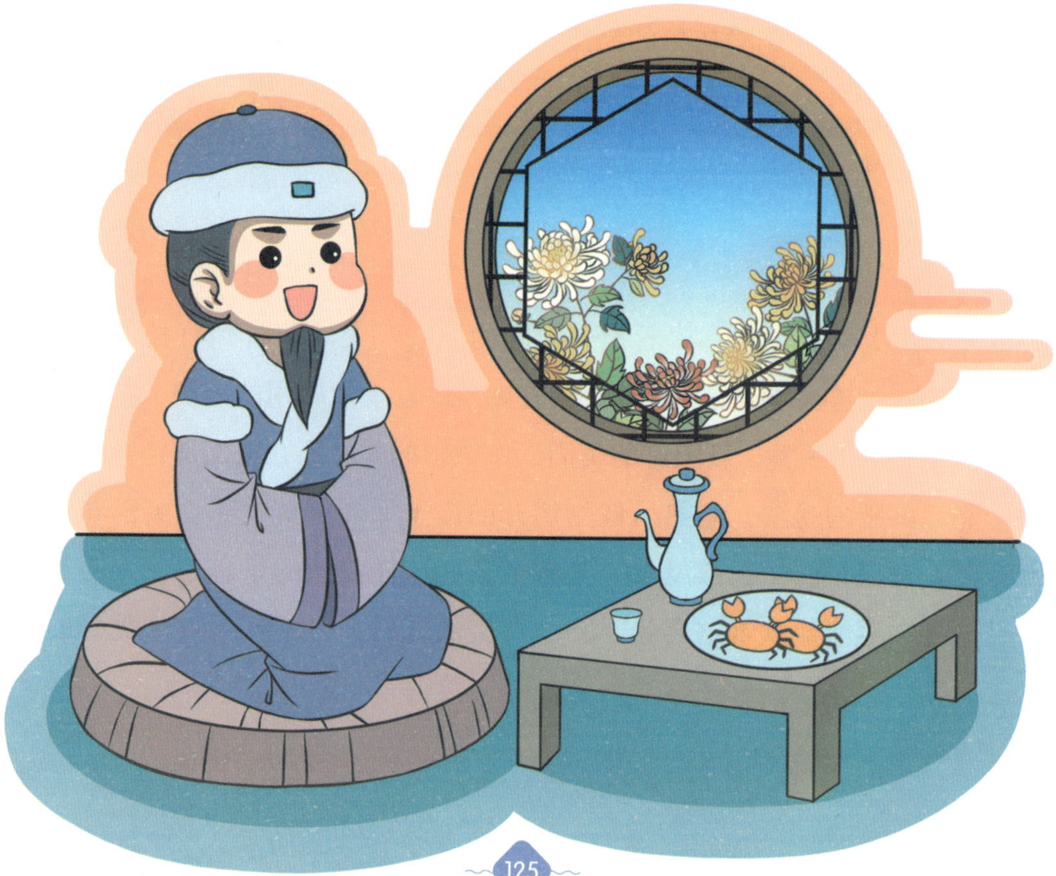

识作者

刘克庄（1187—1269），初名灼，字潜夫，号后村居士，莆田（今属福建）人，南宋诗人、词人、诗论家。他属于江湖诗派，一生所创诗作数量丰富。他的诗多为言谈时政、反映民生之作。他的词深受辛弃疾影响，词风慷慨豪迈。

解词语

① 诗题一作《晚秋》。② 觉：睡醒了。③ 朝曦：早晨的阳光。④ 秋声：这里指秋风。⑤ 仆：仆人。⑥ 暖阁：设有取暖炉子的楼阁。⑦ 叶浮嫩绿：比喻新酿好的酒像嫩绿的竹叶浮在上面那样鲜绿清亮。⑧ 橙切香黄：比喻初冬的螃蟹正肥，煮熟后像刚切开的橙子那样鲜黄美味。⑨ 蓉菊：芙蓉花、菊花。⑩ 可羡：值得玩赏。⑪ 赏心：愉悦的心情。

说意思

早上醒来，我喜欢看窗外温暖的阳光，突然间听到竹林外的秋风吹起，越吹越猛烈。我让仆人在阁楼里放上取暖用的火炉，把去年的棉衣熨烫平整。新酿好的美酒，像嫩绿的竹叶浮在上面那样鲜绿清亮；鲜肥的螃蟹，煮熟后像刚切开的橙子那样鲜黄美味。芙蓉花和菊花开满了园子，散发着一阵阵清香，这样美丽的景色真让人心情愉悦，尽情地欣赏这美景，品尝这美酒佳肴，可不要错过这美好的时光。

早春

[宋] 白玉蟾

南枝①才放两三花,雪里吟香弄②粉③些。
淡淡著④烟浓著月,深深笼⑤水浅笼沙。

识作者

白玉蟾（1194—1229），南宋道人，原名葛长庚，字白叟，号海琼子。天资聪颖，才华横溢，能诗善赋，工书善画。作品有《海琼玉蟾先生文集》四十卷。

解词语

①南枝：南面向阳的梅枝。②弄：欣赏。③粉：白色。这里指梅花的白颜色。④著：穿着，附着。⑤笼：笼罩。

说意思

早春时节，南面向阳的梅枝只开了两三朵梅花，恰好又下了一场雪，我在月色笼罩的雪地里体味梅花散发的淡淡清香，欣赏着梅花洁白的颜色。那初开的白梅花，浓浓深浅层次分明，夜雾和月色附着在颜色深浓的花朵上，如同笼罩着寒冷的水；附着在颜色浅淡的花朵上，就像笼罩着明净的沙子。

梅 花

[宋] 方岳

有梅无雪不精神①，有雪无诗俗了人②。
日暮诗成天又雪③，与梅并作十分春④。

识作者

方岳（1199—1262），字巨山，号秋崖，新安祁门（今属安徽）人，南宋诗人、词人。进士出身，官至吏部侍郎。他的诗多描写农村生活与田园风光，质朴自然。他的词多抒发爱国忧时之情，风格清健。作品有《秋崖集》和《深雪偶谈》。

解词语

①精神：神韵，神采。②俗了人：给人一种庸俗的感觉。③雪：下雪。④十分春：十足的春色。

说意思

只有梅花而没有雪花的话，看起来会觉得缺少神韵；只有雪花而没有诗文相和，就会给人一种庸俗的感觉。在冬天的傍晚作好了诗，刚好天空又飘起了雪花，这时再看梅花与雪花争相绽放，感觉就有十足的春色了。

庆全庵①桃花

[宋]谢枋得

寻得桃源②好避秦,桃红又是一年春。
花飞莫遣③随流水,怕有渔郎来问津④。

识作者

谢枋得(1226—1289),字君直,号叠山,别号依斋,信州弋阳(今属江西)人,南宋末年著名爱国诗人。他的诗文豪迈奇绝,作品收录在《叠山集》。

解词语

①庆全庵:谢枋得在南宋灭亡后避居建阳(今属福建),为自己的住所取的名字。②桃源:"桃花源"的简称,指避世隐居的地方。③莫遣:莫使,不要让。④问津:询问路口,寻访。津,渡口。

说意思

我找到了一处像桃花源那样的世外仙境,像躲避秦朝的暴政那样躲避新朝。我已经忘却了时间,看见这里的桃花开得正艳,才知道又是一年的春天来临了。桃花凋落,千万不要让它随着溪水漂流而去。恐怕被多事的渔郎看见后,顺着漂浮的花瓣找到这里来。

花影

[宋]谢枋得

重重叠叠上瑶台①,几度②呼童③扫不开。
刚被太阳收拾去④,却教⑤明月送将来⑥。

解词语

①瑶台:神话传说中的仙家住地,这里指院落中清幽的亭台。②几度:几次。③童:男仆。④收拾去:指日落时花影消失,好像被太阳收走了。⑤教:让。⑥送将来:指花影重新在月光下出现,好像是月亮送来的。

说意思

亭台上的花影一层又一层,几次叫男仆去打扫都扫不掉。太阳落山时,花影刚刚消失,好像被太阳收走了。月亮升起时,花影又重重叠叠地出现了,好像是月亮送来的。

蚕妇吟

[宋]谢枋得

子规①啼彻四更时,起②视蚕稠③怕叶稀。
不信楼头杨柳月④,玉人⑤歌舞未曾归。

解词语

①子规:杜鹃。②起:起床。③稠:多而密。④杨柳月:月亮西沉到杨柳树梢的位置。⑤玉人:美丽的女子,这里指歌女舞伎。

说意思

四更时分,杜鹃的啼叫声响彻窗外。养蚕的妇人起床去照顾蚕,担心桑叶数量不够而影响了蚕吐丝结茧。月亮已西沉到杨柳树梢,难道歌女舞伎们还在轻歌曼舞而没有回来?

落花

[宋]朱淑贞

连理枝①头花正开,妒花风雨便相催②。
愿教青帝③常为主,莫遣④纷纷点⑤翠苔⑥。

识作者

朱淑贞,又作朱淑真,号幽栖居士,钱塘(今浙江杭州)人,出身于仕宦之家,宋代女诗人、词人。朱淑贞从小聪慧,能文善画,擅长诗词,素有才女之称。一生著作丰富,作品有《断肠诗集》《断肠词》。

解词语

①连理枝:两棵树的枝干合生在一起,多比喻恩爱夫妻。②催:催促。③青帝:又称苍帝、木帝。我国古代神话中的五天帝之一,主管春季节令。④莫遣:不要让。⑤点:点缀。⑥翠苔:绿色的苔藓。

说意思

连理枝头鲜艳的花朵正在盛开,然而风雨嫉妒鲜花的美丽,总是催促鲜花凋谢。我真想让掌管春天的青帝长久做主,不要让娇艳美丽的鲜花散落到那碧绿的青苔上。

立 秋①

[宋]刘翰

乳鸦②啼散③玉屏④空,一枕新凉一扇风。
睡起秋声⑤无觅处⑥,满阶梧叶月明中。

识作者

刘翰,字武子(一说武之),长沙(今属湖南)人。曾为高宗宪圣吴皇后侄吴益之子吴琚的门客,有诗词投呈张孝祥、范成大。曾经长期居住在临安,最后以布衣终身。今存有《小山集》一卷。

解词语

① 立秋:农历二十四节气之一,我国传统上把立秋视为秋天的开始。② 乳鸦:幼小的乌鸦。③ 啼散:啼叫着飞散了。④ 玉屏:玉色的屏风。⑤ 秋声:秋风的声音。⑥ 无觅处:无处可寻。

说意思

小乌鸦的啼叫声已经散去,只有玉色的屏风孤零零地站立着。突然间秋风吹来,顿觉枕边清新凉爽,就像有人在床边用扇子在扇一样。睡梦中隐隐约约地听见秋风阵阵,可醒来后却什么也找不到,只见台阶上落满了梧桐叶,沐浴在明朗皎洁的月光中。

题临安①邸②

[宋] 林升

山外青山楼外楼,西湖③歌舞几时休④?
暖风熏⑤得游人醉,直⑥把杭州作汴州⑦。

识作者

林升,字梦屏,平阳(今属浙江)人。大约生活在南宋孝宗朝,是一位喜欢诗文的士人。《西湖游览志余》录其诗一首。

解词语

①临安:今浙江杭州,金人攻陷北宋都城汴京后,南宋统治者逃亡到南方,建都临安。②邸:这里指客栈。③西湖:杭州的著名旅游风景区。④几时休:什么时候停止。⑤熏:熏染。⑥直:简直。⑦汴州:即汴京,今河南开封。

说意思

远处青山叠翠,近处楼台重重,西湖上的歌舞什么时候才会停下来呢?温暖的春风吹得贵人如痴如醉,他们简直是把暂时托身的杭州当作那个曾经无比繁华的汴京了!

游园不值①

[宋] 叶绍翁

应怜②屐③齿印苍苔④,小扣⑤柴扉⑥久不开。
春色满园关不住,一枝红杏出墙来。

识作者

叶绍翁,字嗣宗,号靖逸,南宋诗人。他是江湖诗派的诗人,他的诗多写江湖田园风光,以七言绝句最佳,富有生活情趣。作品有《四朝闻见录》《靖逸小集》等。

解词语

①值:遇见。②怜:爱惜,怜惜。③屐:一种鞋底有齿的木鞋。④苍苔:青苔。⑤小扣:轻轻地敲。扣,敲。⑥柴扉:用木条、树枝编成的简陋的门。

说意思

也许主人担心我的木屐会踩坏了他爱惜的青苔,我轻轻地敲柴门,很久也没人来开门。可是满园的美丽春色是关不住的,一枝开得正艳的红杏已经伸到了墙外。

村居即事①

[宋]翁卷

绿遍山原白满川②,子规③声里雨如烟。
乡村四月闲人少,才了④蚕桑⑤又插田。

识作者

翁卷,字续古,一字灵舒,温州乐清(今属浙江)人,南宋诗人。他一生没有做官,与徐照、徐玑、赵师秀并称"永嘉四灵"。他的诗多使用白描的手法,诗风较为平易,简约中有一种清淡的韵味。作品有《西岩集》《苇碧轩集》。

解词语

①诗题一作《乡村四月》。②川:平原、平地。③子规:杜鹃。④才了:刚刚结束。⑤蚕桑:养蚕种桑。

说意思

山坡、田野间草木茂盛,到处都是一片青翠,稻田里的水色与天光交相辉映,白茫茫一片。杜鹃鸟声声啼叫,天空中细雨蒙蒙,如烟如雾,大地一片欣欣向荣的景象。四月正是农忙时节,村里几乎没有闲人。他们刚刚结束了种桑养蚕的劳动,又要到地里插秧了。

村晚

[宋] 雷震

草满池塘水满陂①,山衔②落日浸③寒漪④。
牧童归去横牛背⑤,短笛无腔⑥信⑦口吹。

识作者

雷震,宋代诗人,生平不详,宋宁宗嘉定年间进士。其诗见《宋诗纪事》卷七十四。

解词语

①陂:池塘的岸。②衔:嘴里含着。这里指落日西沉,半挂在山腰上,像被山咬住了一样。③浸:浸没,淹没。④漪:水的波纹。⑤横牛背:横坐在牛的背上。⑥腔:曲调、腔调。⑦信:随意。

说意思

池塘里长满了水草,水溢出了塘岸,远山像衔住了落日似的倒映在波光粼粼的水面上。牧童横坐牛背走在回家的路上,拿着笛子随意吹奏着不成调的曲子。

春暮游小园

[宋] 王淇

一从①梅粉褪残妆②,涂抹新红③上海棠。
开到荼蘼④花事了⑤,丝丝天棘⑥出莓墙⑦。

识作者

王淇,字菉猗,生平事迹不详。与谢枋得有交往,谢枋得曾代替王淇的女儿作《荐父青词》(《叠山集》卷一二)。

解词语

①一从:自从。②褪残妆:形容梅花凋谢就像卸去妆容的美人。③涂抹新红:形容海棠花盛开就像刚刚涂上胭脂的美人。④荼蘼:也叫佛见笑,属蔷薇科,夏初开花,花期较晚。⑤花事了:指春天的花已经开完了。⑥天棘:指天门冬,一种草本植物。⑦莓墙:有苔藓生长的墙。

说意思

梅花凋谢,就像卸去妆容的美人一样。海棠花盛开,就像刚刚涂上胭脂的美人。等到荼蘼花开时,春天的花事也就结束了,这时,丝丝缕缕的天棘爬过了长着苔藓的墙。

绝句

[宋]僧志南

古木阴中系短篷①，杖藜②扶我过桥东。
沾衣欲湿杏花雨③，吹面不寒杨柳风④。

识作者

僧志南，南宋诗僧，志南是他的法号，生平不详。

解词语

①短篷：小船。②杖藜：藜杖。藜，一种藤类植物。③杏花雨：在杏花开放时下的雨，即春雨。④杨柳风：在杨柳发芽时吹的风，即春风。

说意思

把小船停放在参天古树浓密的树荫下，拄着藜杖，慢慢走过桥，向东而行。春天里杏花盛开，绵绵的春雨好像故意要沾湿我的衣裳。暖暖的春风轻轻吹拂人面，带着杨柳的清新气息，令人陶醉。

雪 梅

[宋] 卢梅坡

梅雪争春未肯降①,骚人②阁③笔费评章④。
梅须⑤逊⑥雪三分白,雪却输梅一段香。

识作者

卢梅坡,南宋诗人,生平不详,存世诗作不多,以两首《雪梅》留名千古。

解词语

①降:服输,认输。②骚人:诗人。③阁:通"搁",搁下,放下。④评章:评议、评判。⑤须:本来。⑥逊:差,比不上。

说意思

梅花和雪花都认为自己占尽了春色,谁也不肯服输,诗人也难以评判它们的高下。说句公道的话,梅花须逊让雪花三分晶莹洁白,雪花却输给梅花一缕清香。

干戈

[宋] 王中

gān gē wèi dìng yù hé zhī yí shì wú chéng liǎng bìn sī
干戈① 未定欲何之②，一事无成两鬓丝③。

zōng jì dà gāng wáng càn chuán qíng huái xiǎo yàng dù líng shī
踪迹④ 大纲⑤ 王粲⑥ 传，情怀小样杜陵⑦ 诗。

jí líng yīn duàn rén qiān lǐ wū què cháo hán yuè yì zhī
鹡鸰⑧ 音断人千里，乌鹊巢寒月一枝。

ān dé zhōng shān qiān rì jiǔ mǐng rán zhí dào tài píng shí
安得中山千日酒⑨，酩然⑩ 直到太平时。

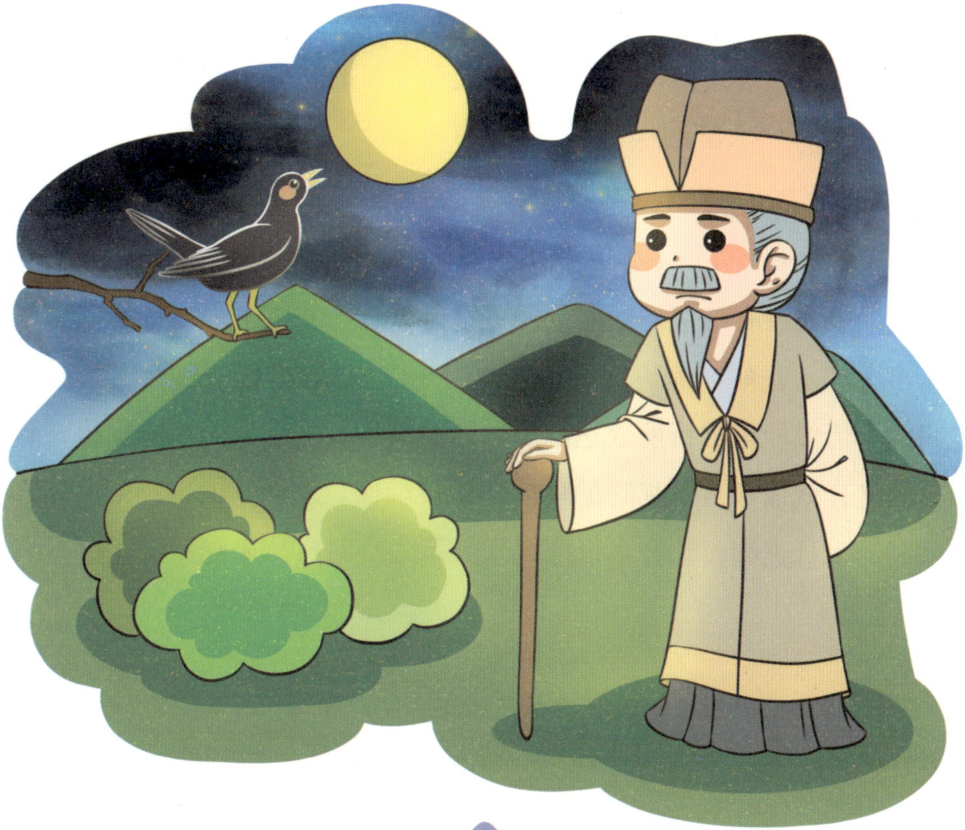

识作者

王中，字积翁，南宋末年诗人，生平不详。

解词语

①干戈：古代的两种兵器，泛指兵器、战争。②欲何之：打算到哪里去。之，去，到。③两鬓丝：两个鬓角上长满了白发，指人已老。④踪迹：脚印，行迹，行为。⑤大纲：大致。⑥王粲：东汉文学家，生活于战乱时代，过着颠沛流离的生活。才华出众，却不受重用。⑦杜陵：指杜甫，杜甫常自称杜陵野老、杜陵布衣、少陵野老，后人称其为杜陵或杜少陵。杜甫的诗，风格沉郁顿挫，忧国忧民，被称为"诗史"。⑧鹡鸰：即脊令，一种鸟。比喻兄弟。⑨千日酒：酒名。古代传说中山人狄希能造千日酒，饮了便醉，千日才能醒。⑩酣然：大醉的样子。

说意思

战争还没有结束，我能到什么地方去呢？我的两鬓已经斑白，却一事无成。我颠沛流离的遭遇大致与东汉时期身处战乱的王粲一样，我的心情像杜甫的诗所表达的那样悲凉忧伤。我和兄弟相隔千里，音信断绝，就像寒月下鸣啼的乌鹊，孤枝难栖。怎样才能得到中山仙人酿制的千日美酒，让我可以酣醉到天下太平时再醒来呢！